中國書房人文藝術叢刊之六

上海圖書館藏
名家墨迹

文三橋詩稿

附冊

【明】文彭 著
黃惇 薛龍春 蔡春旭 整理

浙江大學出版社·杭州
北京止觀書局

目録

新發現的文彭十五方印迹研究

黄惇

文彭（一四九七—一五七三），字壽承，號三橋，蘇州人。文徵明（一四七〇—一五五九）長子。擅詩書、精鑒賞，尤以篆刻領時代風尚，是明中期嘉靖年間復興文人篆刻藝術的代表作家。文彭雖在文人篆刻史上佔有重要的地位，然無印譜傳世，其身後贋作甚夥。上海圖書館今藏有《文三橋詩稿》，册中詩、書、印一體化，皆可補史料之闕，是新發現研究文彭的重要資料。其中，册上所鈐十五方印章，引起我很大的興趣，我今大膽推測這些印作之作者歸屬文彭，考證如下，以求教方家。

一、上海圖書館藏《文三橋詩稿》簡介

上海圖書館藏《文三橋詩稿》，册高三十點二厘米，寬十九點五厘米。册外藍色布套，陳經題簽『文三橋真跡』，隸書（圖一）。册中爲文彭手書詩稿，據沈津先生統計爲九十四首，參見沈津《稿本〈文三橋詩稿〉》，收入深津《書城挹翠録》。上海社科院出版社，一九九六，第二八四頁。共計三十五頁（開），詩稿無文彭落款。册後有清人兩跋。一爲趙文麟跋，時在清道光十九年（一八三九）冬。跋中云：

> 今春，延芹生先生課余侄讀，出其所藏文三橋書册示余。文與陳先世爲中表親。此册詩筆神妙，固不待言。

由此跋可知，芹生姓陳，他是《文三橋詩稿》的收藏者。題跋的趙文麟，吴縣人。跋後鈐印兩方，一作『趙文麐印』，一作『癸未進士』。故知趙文麟於道光三年癸未（一八二三）中進士，因陳芹生館於其家中課其侄，而得見此册。另一爲陳宗元跋，時在道光二十三年癸卯（一八四三）仲春。跋云：

> 癸卯春，翠岩叔出此册示元，謹授而讀之，琳琅滿目，一字一珠，至其運腕之超妙，尤得晋人三昧。……余先世本文之所自出，獨幸二百餘年來此册之得藏吾家，不至流落人間，抑亦公之神明有以呵護之矣。

陳宗元（一八〇六—一八五六）字保之，號柳平，江蘇吴江人。跋中所言翠岩叔當即陳芹生。陳宗元稱『余先世本文之所自出，獨幸二百餘年來此藏得吾家，不至流落人間』，可知此册世代由文氏中表親陳氏家族遞藏，這便解釋了此册何

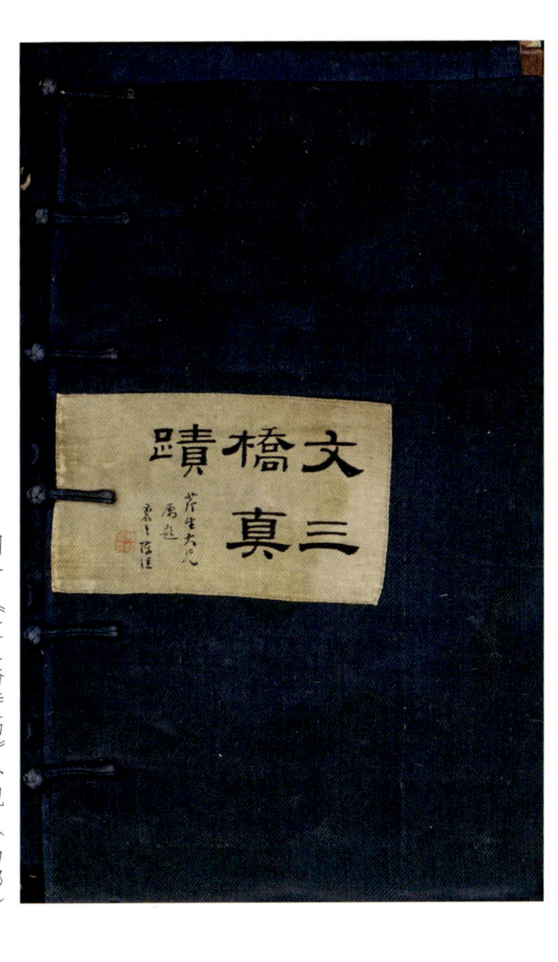

圖一 《文三橋詩稿》外觀（局部）

以除此二跋外再無其他鑒藏痕跡。自清道光以來，直到上海圖書館收藏前，從未爲世人所知，故册中所鈐之印章皆未有任何鑒藏家著録，也未曾引起研究者注意。

然而，此詩稿作爲明代文彭的遺跡卻無文彭落款，因此會有人質疑是否是他人抄本或作僞的可能。在細閱此册書法、詩作之後，我以爲用『開門見山』來表述此册最爲妥貼。第一，是册無絲毫造作之痕，文彭的筆跡生動自然，塗改添加之處亦最顯真實。也就是説，本册爲文彭所書，首先可以確定下來。第二，詩稿九十餘首，可窺文彭行蹤與交遊，並有多首見於《文氏五家集》中的《文博士詩集》，亦有數首《文博士詩集》未收者而收入《石倉歷代詩選》。第三，詩稿上鈐印十五方，其中『文彭之印』鈐有三次。常識告訴我們，作僞和他人抄本必添加落款才能使其産生價值，所以本册詩稿無落款，當正可從反面印證是册的真實性。

二、《文三橋詩稿》上印跡統計和鈐印方式

《文三橋詩稿》上的印跡，印泥色彩大體一致。從印文内容看，有姓名印、别號印、齋號印、仕履身份印、閑印、鑒藏印等，應屬於多位文人所有。不同的印章共計十五方，其中有多至三次鈐拓者，故印跡共出現二十六次。其中朱文印十二方，白文印三方。現將鈐於册上的印跡按頁碼次序列表統計如下：

《文三橋詩稿》上印跡統計表

次序	印文	尺寸（毫米）	朱白	類别	次數	頁碼	備注
一	吏科都給事中	二十九×十九	朱	仕履身份印	三	一、二、一〇	印主：王守
二	溵沅予秀人家	二十×十九	朱	閑印	二	一、四	
三	居在吴楚之間	高三十五（橢圓）	朱	閑印	二	一〇、一五	
四	存笏堂	十一×十一	朱	齋館印	二	一〇、一一	
五	徵明（連珠印）	二十×九	朱	姓名印	一	一一	印主：文徵明
六	少垣盛生	二十×十八	朱	姓名印	二	一二、一二	
七	非屋非舟居士	三十×十八	朱	别號印	二	一三、一四	
八	吴門王守	十三×十二	白	姓名印	二	一八、一八	印主：王守
九	王履約印	十三×十三	白	姓名印	二	一八、一八	印主：王守
十	東吴文獻衡山世家	三十四×二十九	朱	鑒藏印	一	一八	
十一	與造物遊	十六×十二	朱	閑印	一	二九	邊框不全，印旁以墨筆勾出邊框
十二	文彭之印	十六×十六	朱	姓名印	三	三一、三二、三三	印主：文彭
十三	見初	十三×十三	朱	姓名印	一	三四	
十四	珠泉主人	十七×十七	白	别號印	一	三四	
十五	浮丘山人	直徑二十二（圓形）	朱	别號印	一	三四	
共计					二十六		

上表中的印章，屬於文彭及其父文徵明和王守的姓名字印，是我們已知的。又有『吏科都給事中』一印經筆者考證其印主也是王守（詳見後文）。其他印作如『浮丘山人』『少垣盛生』『非屋非舟居士』『存笏堂』『見初』『珠泉主人』等受印者尚待進一步考證。按：關於浮丘山人爲何人，據查閱，文彭同期有二人以此爲號。一爲盧楠（一五〇七—一五六〇），號浮丘山人，河南浚縣人。善詩賦，《明史》有傳。晚歲曾遊江南，與謝榛、王世貞有交往，爲廣五子之一。筆者尚無法確認在本册詩稿寫作時間段中盧楠與文彭有交往。另一爲李敏（生卒不詳），字功甫，號東麓，又號浮丘山人，新安人。善詩，曾活動於南京，與歐大任（一五一六—一五九五）等相互唱和。文彭雖自一五二五年二十七歲始赴南京科考應舉，凡三十載，後又於隆慶二年（一五六八）任職南京國子監博士，在南京多有交遊。然歐大任至萬曆九年（一五八一）才任職南京工部主事，時文彭已過世。故此浮丘山人是否與文彭有交，也不清楚。因尚未考實，無法下結論。在這批印跡中除『文彭之印』外，可以肯定均非文彭的自用印。

常識告訴我們，古代書畫作品上印章的鈐蓋，雖無定則，却是有規律可尋的。一般有如下幾種：

（一）書畫作品中，除書法作品會在前端上方鈐起首印外，其他印章只能鈐於落款部位。畫作上的閑章，根據畫面構圖而定，只會鈐於畫面周圍。也就是説，在古代，作者都不會將印章鈐在書畫作品的中間部位。

（二）鑒藏家鈐印有多有少，少則一兩方，多者數方，亦有如項子京者，鈐印多達十幾方或更多，但必鈐於在作品前後或周圍，而絶不會隨意鈐在作品的中間部位。

（三）作品的中間部位如出現印跡，只有兩種情況。其一，是將鑒藏印鈐於手卷多幅紙的銜接中縫上，俗稱騎縫印，如懷素《自叙帖》接縫所鈐。其二，宋代出現金粟山藏經紙，宋以後元明書家喜歡以這種紙寫作品，這種紙的中央會鈐有楷書印『金粟山藏經紙』等。類似印記非鑒藏印，乃造紙行業留下的印跡，作品産生前，印記已在紙上。

《文三橋詩稿》上印跡的鈐印方式，無序而分散，不僅見於各頁詩稿的空白處，許多還出現在詩稿的中間部位。或一兩方或數方，有時同一方印出現二次、三次却不一定在同一頁上。這顯然不符合古代書畫作品上鈐印的常規。由於這些印跡印泥色彩大體一致，故非歷代遞藏者所爲；印章風格統一，故非歷代不同印人所作。這是因爲，如是歷代遞藏者

圖二－一　《文三橋詩稿》第十八開

所爲，則印泥色彩不可能大體一致；如爲不同時代印人所作，則不可能印風統一。故《文三橋詩稿》上的印章與上述書畫家、鑒藏家鈐印方式没有共同點，鈐印的動機完全不同（圖二）。

三、鈐印的動機及十五方印章作者之歸屬

《文三橋詩稿》上所鈐諸多印章，除『文彭之印』外，既然不是文彭的用印，也不是鑒藏家的收藏印，那麼鈐印的動機究竟是什麼呢？

首先，十五方印章中既有文彭自己的姓名印『文彭之印』（圖三），此印無外框，上海博物館編《中國書畫家印鑒款識》所載同文朱文印皆有外框。然曾收入周光培重編《明清畫家印鑒》、方去疾編著《明清篆刻流派印譜》、林申清編著《歷代藏書家印鑒》。也有其父文徵明的連珠印『徵明』著録於上海博物館編《中國書畫家印鑒款識》（北京：文物出版社，一九八二）。和收藏印『東吴文獻衡山世家』，還有與文彭青年時代就有著深厚友誼的王守的兩方姓名印『吴門王守』『王履約印』，二印著録於上海博物館編《中國書畫家印鑒款識》。及王守所用仕履身份印『吏科都給事中』。王守（一四九二—一五五〇），字履約，蘇州人，他是王寵（一四九四—一五三三）之兄，文徵明視兄弟二人爲友，兄弟二人與文徵明則情同師友之間。這些印鈐打於同一詩稿

溆沅予秀人家

存笏堂

文彭之印

見初

吴門王守

徵明

珠泉主人

與造物遊

少垣盛生

居在吴楚之間

吏科都給事中

王履約印

浮丘山人

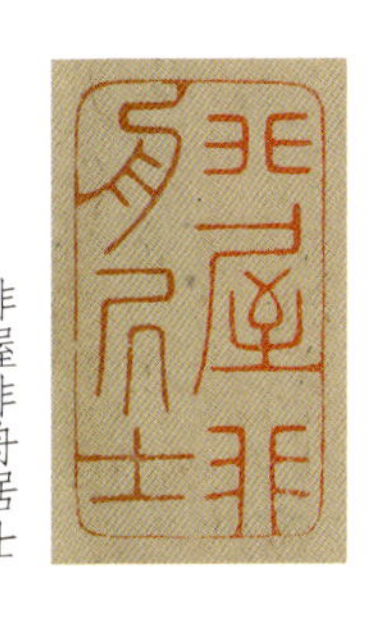

非屋非舟居士

東吴文獻衡山世家

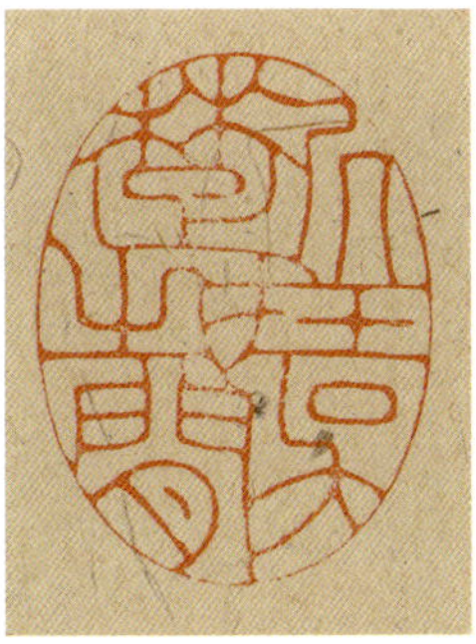

圖二一二　上海圖書館藏《文三橋詩稿》上文彭的十五方印跡

圖三　文彭之印

圖四　與造物遊
（右爲原大　左爲放大）

圖五　存笏堂

圖六　少垣盛生

上，則必然曾經過同一人之手。換一個視角，只有這些印章曾不斷在書寫者——文彭手中經過，才有可能鈐於其詩稿上。故而鈐印的目的，只能推斷爲『試印』和『留印稿』。

所謂『試印』即篆刻家創作印章過程中，將已刻出的印章蘸印泥後，試著鈐打在紙上，察其細節，如滿意，不再鈐打，如有細節需調整，經用刀修整後，再行試印。所謂『留印稿』即篆刻家將自己完成的印章作品，鈐打下來留觀，以備今後創作類似印章時以參考。這兩種情況，都會使篆刻作者作多次鈐拓。

本册中有多個鈐印的細節值得高度關注。

先看試印的細節。以『與造物遊』爲例，施印者鈐後注意到印章邊框與印文的關係，便順手在印旁畫了個邊框（圖四）。我們推測可能有兩種情況：一是由於印面不平，未能打出所有清晰的邊框；二是可能作者初設計時就考慮到不要完整的邊框，這反映在因『與』字筆劃少而留下右上角的一個直角邊框，由於鈐印後仍繼續思考邊框的去留，於是在印跡的旁邊順手用兩筆勾勒出了邊框。可以説毛筆畫出的邊框，正反映了作者鈐印過程中的思考。重要的是，此墨跡邊框與所鈐印跡必是一人所爲，而這個人，只能是詩稿墨跡的作者——文彭。

類似的例子還可從『存笏堂』兩方印跡中（圖五）看到，其中一方打得不清晰，但有部分邊框；而另一方打得很清晰，則無邊框。按照創作者的一般規律，顯然在鈐印過程中感覺邊框不如意，而在鈐打第二次以前將邊框刻去了。細察之，『存』字的右半部、『堂』字的左下角筆畫及底部邊欄、『笏』字半個竹頭及頂部邊欄等都被刻去了，這樣的改動使印章的中心部分更加突出、緊湊。很明顯『與造物遊』與『存笏堂』的印跡，均是『試印』的表現。

再看留印稿。以『少垣盛生』一印爲例（圖六），上一方印跡印色太淺，故重新再打一方，以清晰爲目的。類似的例子如『居在吴楚之間』印，也是一不清晰，則再打一方。至於其他只鈐一方者，因已清晰，不必再重複鈐打，這些都是『留印稿』的表現。

這樣的鈐打、修刻和試印過程，對於篆刻家來説，是再平常不過的現象，但大部分篆刻家最終呈現給世人的却都是印譜或印屏。這樣隨意打在自己順手可即的紙上、册上反映創作過程的印跡，往往被廢棄而爲歷史遮蔽了。後世收藏者即便得到前輩篆刻家的『試印稿』或『留印稿』印跡，也會貼成剪襯本的印譜珍藏。所以歷史上『試印稿』或『留印稿』的底本極少被保存下來。我們今天尚可在近代篆刻家齊白石老

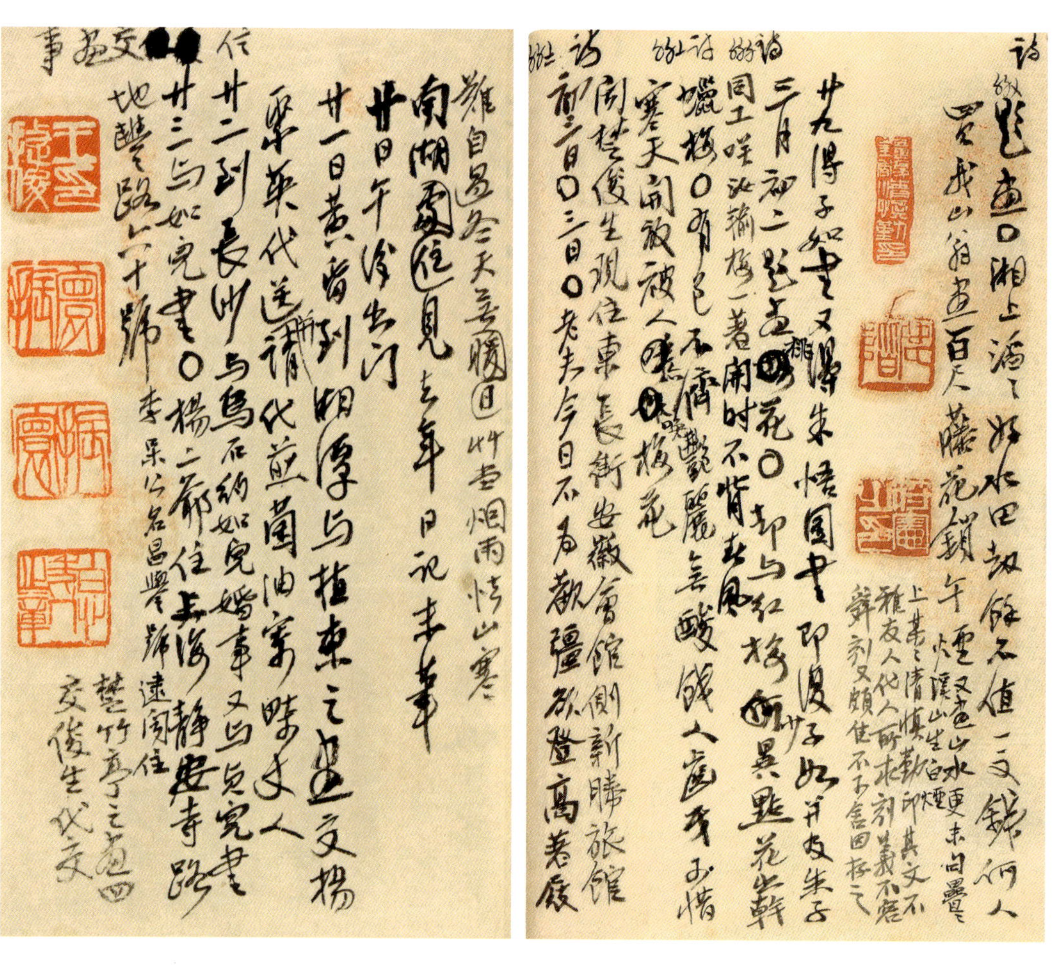

圖七　齊白石《壬戌紀事》稿本空白處『試印』和『留印稿』的印跡。如『振寰』一印，第一方刻反了，磨去重刻，後再鈐第二方。所鈐印跡與《壬戌紀事》文字無關。此與《文三橋詩稿》上的印跡是相同的鈐印方式。

人的《壬戌雜記》齊白石《壬戌雜記》稿本，今藏北京畫院。稿本上，找到與《文三橋詩稿》相同的鈐印方式，其上既有留印稿的印跡，也有試印後發現刻錯又再重刻的印跡（圖七）。

那麽，這十五方印章的鈐打，是否會是詩稿作者以外的另一人所爲呢？這是必須提出的問題。我認爲這顯然是不可能的。以王守三印爲例，篆刻家一旦將印交給受印者，所有權便發生了改變，要取回留底鈐拓不是不可能，但必須是與此印主有密切關係的才能做到，更不可能將多位不同受印者的印跡留在有一定時間跨度的同一本詩稿上。

如果再問，是否有可能是詩稿的作者文彭，看到別人所刻的印章因喜歡而隨手鈐打在自己詩稿上呢？我認爲，如果假定文彭爲不擅篆刻者，存有此種行爲是可能的，然作爲一流篆刻家的文彭，存有這種行爲可能的概率極小。何况十五方印中至少有四方出自文彭之手是可以確認的，此外從十五方印章風格的一致性分析，將這批印作指向多位作者的推測也是不妥當的。

由於我們已知文彭是位篆刻家，那麽，這樣的判斷是否有先入爲主之嫌呢？作爲逆向的思維，我們同樣要考慮到。然而如將文彭假定爲非篆刻家時，會發現他可以擁有其父文徵明和自己的印章，却不可能擁有王守及我們未知的『見初』『珠泉主人』『浮丘山人』『少垣盛生』等許多其他人的印章。所以關於這樣的疑問，答案也是否定的。

因此這十五方印作的作者，最合理的指向，即曾經創作過這些印章，並鈐打在自己詩稿上的人——文彭。

四、關於《文三橋詩稿》的書寫時間

此詩稿書寫主要是用草書，書法風格統一，結字的變化較小，但仍可看出非一時之作。是册前半部分謄録的痕跡比較明顯，極少改動。後半部分，改動漸多，其中《挽顧海涯》一首用黄庭堅行書體，形神兼備。文彭父文徵明學其師沈周，亦擅黄體行書，顯然受父影響，文彭青年時也曾於黄體行書下過功夫。是册主體是草書，隱約可看到學孫過庭《書譜》的結字特徵。《書譜》真跡爲文家珍藏，故文彭青年時除學『二王』一脉小草外亦攻《書譜》，中年後愈發成熟，其小草風格便定格於孫過庭。然是册學《書譜》從用筆特徵上説並不清晰，其原因，一是詩稿字很小，二是録詩時書寫較爲輕鬆，而不似文彭其他小草作品刻意追求孫過庭的用筆及風格，這與文彭中年後所書其他稿本、信札有著相同的傾向。本册詩稿的最後數開寫得十分隨意，乃即興而爲，然總體上看，謄録的特徵貫穿是册始終，反映了文彭書法風格的相對穩定性。

通過詩作內容，考訂詩作的創作時間，當有助於判斷本册詩稿的大致時間段，或有助于旁證十五方印跡的創作時間段。

下面通過詩作寫作對象和創作時間來考證，當然這只能是有選擇的，因爲有些詩作並不具備『時間』的條件。

（一）第二頁《送郡伯可泉胡公考績》：郡伯即指知府，據《蘇州府志》可知，胡可泉即胡纘宗（一四八〇—一五六〇），字孝思，一字世甫，號可泉、鳥鼠山人等。胡纘宗於嘉靖二年癸未（一五二三）任蘇州知府，五年後離任。又據《明史》職官、選舉二志，知府爲正四品，外官三年考績，以辰、戌、丑、未歲爲期。胡纘宗蘇州任職僅五年，故詩題中所言送胡公考績，只可能是一五二三年後的第三年，即嘉靖五年丙戌（一五二六）。時文彭三十歲。

（二）第二頁《送大司寇見素林公致仕還閩》：林見素即林俊（一四五二—一五二七），乾隆本《興化府莆田縣志》卷十七《名臣傳》有載，卒於嘉靖六年丁亥（一五二七），享年七十六。與文徵明友善，相互交往酬唱亦夥。林俊致仕在嘉靖二年癸未（一五二三）年。時文彭二十七歲。

（三）第七頁《送王二禄之會試禮部》：王穀祥（一五〇一—一五六八）字禄之，號酉室，長州人。文徵明弟子，與文彭過從甚密，小文彭四歲。嘉靖八年己丑（一五二九）進士。詩中有『揚子江頭又送君，北風吹雪正紛紛』句，又知禮部會試在嘉靖八年（一五二九）二月，故斷此詩寫於嘉靖七年戊子（一五二八）臘月或嘉靖八年己丑（一五二九）元月。時文彭三十二歲或三十三歲。

（四）（五）第七頁、第八頁《送袁三補之會試禮部兼簡永之》《再送補之得天字》：此二首於詩稿與送王禄之一首緊接，亦送人會試禮部，當寫於同時。袁補之即袁袞（一四九九—一五四八）字補之，吳縣人。袁袞弟袁褧（一五〇二—一五四七）字永之，號胥臺山人，嘉靖五年丙戌（一五二六）登進士，選庶吉士，官至廣西提學僉事。因時已在北京，故詩題『兼簡永之』。袁袞是年（嘉靖八年）試禮部不中，落榜而歸，後於嘉靖十七年戊戌（一五三八）登進士第，官至禮部主事，轉員外郎。袁氏兄弟表、褒、褧、袞、裘、袠，時稱『袁氏六俊』，與文家來往密切。此二詩作於嘉靖八年（一五二九），時文彭三十三歲。

（六）第八頁《分得簡寂觀送盧兵部師陳校文還朝》：盧師陳即盧襄（一四八一—一五三一）字師陳，號五塢山人，吴縣人。嘉靖二年癸未（一五二三）進士。授刑部主事，累官兵部郎中，以争大禮下詔獄。事白平反，升陜西左參議。《文徵明集》有《陜西布政使司左參議盧君墓表》，稱『余交兄弟僅二十年』，知盧雍、盧襄兄弟與文家交往甚密。文彭此詩爲送盧兵部還朝，當爲盧襄任兵部之時，據文徵明所撰《墓表》：『嘉靖癸未，登進士，初授刑部某司主事，改兵部職方主事。丁亥，升禮部祠祭員外郎。戊子再升兵部職方郎中。』可瞭解盧襄從嘉靖二年（一五二三）到嘉靖七年（一五二八）間曾二任兵部。然盧襄於嘉靖十年（一五三一）五十一歲時卒於任上。雖嘉靖六年丁亥（一五二七）其曾任職禮部一年，但其一五二三—一五三一年間主要任職於兵部。故此詩寫作時間必在此八年中，文彭時在二十七歲至三十五歲之間。

（七）第十一頁《挽張參政頤拙》：張頤拙即張萱（一四五九—一五二七），松江人，字德輝（暉），號頤拙。弘治十五年（一五〇二）進士。正德間知鄱陽，性方嚴，民訟立決，贖鍰不入私帑，吏不敢欺，呼爲張鐵面。張萱卒於嘉靖六年（一五二七），此爲挽詩，故當寫於同年，時文彭三十一歲。

（八）第十一頁《張延禧五十》：這是一首祝壽詩。《文徵明集》補輯卷三十載《張延禧故妻王令人墓志銘》，云：『張君延禧，以嘉靖己亥九月乙卯葬其妻王氏令人於吴縣支硎山祖塋。先事乞余爲銘，奉文選員外王君禄之所爲狀以請。王君，令人之諸父，狀得其詳，而余息女歸王氏。』文中『諸父』即指叔伯父，『息女』乃言親生女，『令人』則是命婦的封號。此可見王穀祥（禄之）是王令人的從叔父，王令人行狀亦先爲王禄之作好，復請文徵明撰書墓志銘。而文徵明的女兒嫁給王氏，王氏家女又嫁給張氏，因此文徵明、文彭父子則與張延禧、王禄之均爲姻親。又從墓志銘得知，張延禧之父爲張主敬，武弁世家而雅喜文儒。王令人生於弘治二年己酉（一四八九），卒於嘉靖十七年戊戌（一五三八），享年五十。已知王禄之生於一五〇一年，卒於一五六八年，則張氏之妻王氏長其從叔十二歲，亦長文彭八歲。王氏卒時，文彭四十二歲。若張延禧長於妻，或與妻王氏年齡相當，則張延禧五十歲時，文彭當在三十五至四十五歲之間。故詩作時間大致可斷在文彭四十歲前後。

（九）第十二頁《送楊子任會試》：周道振、張月尊先生《文徵明年譜》卷七，『嘉靖三十一年壬子』條繫文徵明詩《楊子任邀遊石湖值雨遂飲王氏越溪莊》一首，按曰：『楊子任數見於詩題。王寵《雅宜集》有《夜話金元賓楊子任吴祈父》詩，文嘉《和州詩集》有《虎丘月下送子任赴湖廣憲副》等詩。是楊子任與文氏父子及吴中名士早有交往。事行待考。』因知周、張二先生關於楊子任尚未考實。楊子任即楊伊志，字子任，吴縣人。從《江南通志・選舉志》等文獻可知，其嘉靖十年辛卯（一五三一）中舉，嘉靖十一年壬辰（一五三二）中進士，曆官湖廣憲副、江西僉事、江西右參政、江西巡撫南贛都御史、福建布政使司左布政使、河南按察使司按察使等職。參政又稱大參，御史、巡撫别稱中丞，故師友間酬唱有稱其大參、中丞者。《文徵明集》《正月五日同楊子任大參飲王陽湖家酒次誦淵明斜川詩有『開歲倏五日』之句因次韻》，《皇甫司勳集》有《二月十二日與楊中丞王舍人陸儀郎姚茂宰集吴氏園亭》，詩中大參、中丞實皆指楊伊志。楊伊志於嘉靖十一年中進士，文彭此詩《送楊子任會試》，詩中期楊子任折冠，云『曲江三月花如錦，折取高枝慰友生』，故詩當寫於嘉靖十年辛卯（一五三一）年冬或十一年壬辰（一五三二）年初春，時文彭三十六歲。

（十）第十四頁《寄題玉女潭》：首先《寄題玉女潭》之『寄』字，説明詩非寫於玉女潭。這首詩的開頭寫道：『當年盡説張公洞，今日争誇玉女潭。』其末句寫道：『待得新秋風日好，可能容我一停驂。』這説明文彭此時未曾遊過玉女潭，他只是聞説玉女潭近日被友人盛讚而已。玉女潭在宜興名勝張公洞西南三里，『深廣逾百尺，舊傳玉女修煉於此。唐權德輿稱陽羨佳山水以此爲首』，故唐代即負盛名，墨客騷人多有題詠。如唐大曆中滁州刺史李幼卿嘗有『日日思瓊樹，書書話玉潭』之句，宋人周必大曾有甲午遊張公洞玉女潭遊記載《泛舟遊山録》中，唐宋後湮没無聞。文彭同時代人史際（濟）字恭甫、玉陽，溧陽人，嘉靖十一年（一五三二）中進士。嘉靖十三年甲午（一五三四），史際因買地葬母，發現仙境般的玉女潭，因出鉅資，循歷史舊痕將玉女潭開發，人力既殫，天工始見。又建別業玉陽洞天於玉女潭之陽。至此玉女潭幽岩絶壑、靈湫邃谷之美景重現於世，遊張公洞者必折道遊玉女潭，遂名聲遠播。文彭『今日争誇玉女潭』句，應該就是聞説玉女潭重現後的感受。嘉靖二十三年（一五四四）三月望日，七十五歲的文徵明應史際之邀，在子文彭及弟子朱朗、周天球、彭年等陪同下，遊玉女潭與玉陽洞天，作《玉女潭山居記》。這應是文彭首次遊玉女潭，當年『待得新秋風日好，可能容我一停驂』的願望得以實現。《寄題玉女潭》詩當然不是這一次的詩作，從史際開發玉女潭的嘉靖十三年，到文氏父子於嘉靖二十三年春同遊玉女潭，時隔十年，所以確定此詩寫於何時似甚難。寄題詩寄給誰，是史際或是其他友人也未可知。但以這十年時間段分析，聞説玉女潭當離史際開發玉女潭時間不遠，故此詩約作於嘉靖十四年（一五三五）與嘉靖十六年（一五三七）間，時文彭在三十九歲至四十一歲之間。

（十一）第十七頁《華補庵進士歸省》：華補庵即華雲（一四八八—一五六〇），字從龍，號補庵，無錫人。出王陽明之門。官至刑部郎中，喜藏法書名畫，與文徵明父子過從甚密。華雲於嘉靖二十年（一五四一）中進士，詩題云其『歸省』，即指回家省親。詩中云：『仙頭薄暮返柴扉，月色熒熒照錦衣。題柱壯心時已遂，式閭燕喜思遄飛。』所謂金榜題名、衣錦還鄉。據文徵明爲華雲父華海月所作《有明華都事碑》，稱華雲中進士後，『辛丑冬，奉使南都，便道拜公於家。公喜，是日集親賓，置酒高會。』因知華雲省親即在嘉靖二十年辛丑（一五四一）冬。時文彭四十五歲。

（十二）第二十五頁《壽華海月有壽安堂，種壽安紅牡丹》：華海月即華雲之父華麟祥（一四六四—一五四二），字時禎，號海月居士，晚稱海翁。無錫人。諸生，援例升貢太學，屢試不舉，遂篤意教子。及子華雲中舉後，投牒吏部，天官卿嘉其志，奏授浙江布政司都事階從仕郎以歸。文徵明《有明華都事碑》稱其天順八年甲申（一四六四）九月生，嘉靖二十一年壬寅（一五四二）七月卒，享年七十有九。此首乃文彭所作壽詩，華海月既未壽八十，則必爲壽其七十之詩。華海月七十壽辰在嘉靖十二年癸巳（一五三三），時文彭三十七歲。

（十三）第二十九頁《中流砥柱壽毛中丞》：毛珵（一四五二—一五三三），字貞甫，號礪庵。文徵明《甫田集》卷二十六《毛公行狀》云其於成化丁未（一四八七）登進士，弘治三年（一四九〇）授南京工部給事中，曆官至浙江參政致仕，享年八十二歲。詩中云：『柱石中天亘，滄溟八極後。』以八極喻八十高齡，知此是文彭爲毛珵八十歲壽詩，故詩寫於嘉靖十年辛卯（一五三一），時文彭三十五歲。

（十四）第二十九頁《壽盛中丞直庵》：盛直庵即盛應期（一四七四—一五三五），字思徵，一字斯徵，號直庵，吴縣人。弘治六年癸丑（一四九三）進士。正德時累遷爲右副都御史，巡撫四川，嘉靖初巡撫江西，後進兵部右侍郎，督兩廣軍務，因觸怒撫寧侯朱麒，爲流言所中，被劾。嘉靖六年（一五二七）起爲右都御史，治黄河，後帝令罷役。歸卒於家，享年六十二歲。此詩當祝盛應期大壽，故知爲盛氏六十歲時，即嘉靖十二年癸巳（一五三三），時文彭三十七歲。

（十五）第二十九頁《六十》：該頁末行有《六十》詩題，然下頁所接詩句則與此詩題無關。而原十一頁首行詩『六十今初度，悠然兩鬢蒼』則與此頁《六十》吻合，是知册頁裝裱時有顛倒順序之誤。若將原十一頁移至二十九頁後，則前後詩句皆合。《六十》一詩，當是文彭六十歲生日時作，按虚歲計，時在嘉靖三十五年丙辰（一五五六），這是本册上存詩最晚的一首。

由以上十四首詩作的考證可知，寫作時間大體在文彭四十五歲之前，唯第《六十》一首最晚。此外確認的詩作時間可證，是册詩稿也並非編年體例。此册詩稿與《文氏五家集》中的《文博士詩集》比較，文彭五十以後行蹤的詩作在此詩稿中除《六十》外鮮有反映，而《文博士詩集》則較多。由於尚有多首詩無法斷代，因而寬鬆地將詩作的寫作時間段定爲二十五歲至六十餘歲之間較爲合適。

接下來，我想是否能確認印作的創作時間，如果部分印章的創作時間段與詩的創作時間段能大致吻合，那麽，上述關於册中部分詩歌寫作時間的考證則可以成爲有價值的依據。

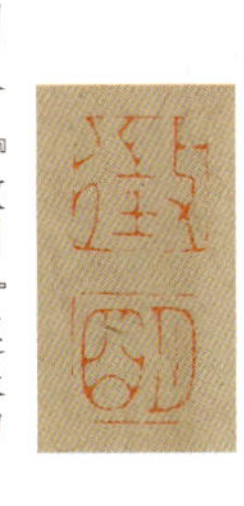
圖八 『徵明』連珠印

圖九 東吴文獻衡山世家

五、文彭十五方印作的創作時間

在十五方印中，文徵明的『徵明』連珠印和『東吴文獻衡山世家』朱文印，文彭的『文彭之印』，王守的『王履約印』『吴門王守』和『吏科都給事中』印，是可知印主的印章。如果能找到使用這些印章的書畫作品，則可通過作品上的年款、簽名及風格，大致確認作者所鈐印章創作的時間下限。

一、『徵明』連珠印（圖八）。上海博物館編纂的《中國書畫家印鑒款識》中，收録了文徵明『徵明』連珠印共七方，大小不一，其中與詩稿中『徵明』連珠印尺寸一致的有三方，三方中所鈐作品上有年款的有兩方。標號一〇六的『徵明』連珠印鈐於《倪瓚書江南春詞文徵明補圖卷》上，文徵明書有年款爲『庚寅』，即嘉靖九年（一五三〇），時文彭三十四歲。標號一〇八的『徵明』連珠印鈐於《文徵明蘭竹圖》上，年款嘉靖辛卯，即嘉靖十年（一五三一），時文彭三十五歲。經過比對標號一〇八的『徵明』連珠印與詩稿中『徵明』連珠印最爲一致，可證在嘉靖十年（一五三一）此印已存在並鈐用，其時間與《文三橋詩稿》中詩作的創作時間段可以吻合。故

圖一〇 王履約印

圖一一 吳門王守

圖一二 吏科都給事中

此印作於文彭三十五歲或更早。

二、『東吳文獻衡山世家』朱文印（圖九）。此印在文徵明書畫作品中使用很少，但存數件作品可證明爲文徵明用印。北京故宫博物院藏陳淳所作《梅花水仙圖軸》右下角鈐有文徵明的這方收藏印，除著録於《中國古代書畫圖目》第二十册二百八十四頁外，還刊印於《故宫藏歷代書畫展》第六册。陳淳《梅花水仙圖軸》無年款，但『道復』草書款頗具特徵。研究陳淳有紀年的作品可以發現，陳淳『道復』草書款有多種變化，而如《梅花水仙圖軸》草書『道復』款，即『道』字草書末筆不與『復』字相連、也無明確連筆，此特徵皆出現在其四十八歲至五十六歲之間的作品上。陳淳生年爲一四八四年，由此推斷陳淳《梅花水仙圖軸》創作時間上限爲嘉靖十年（一五三一），下限爲嘉靖十九年（一五四〇）。故文彭爲其父文徵明所作『東吳文獻衡山世家』朱文印的時間下限，亦可大致推斷爲上述這八年間。文彭小陳淳十三歲，則是印當大致作於文彭三十五歲至四十三歲這一區間。此外，二〇〇三年上海敬華拍賣公司春拍圖録載〇五八三號拍品《文天祥像》上有文徵明題跋，也鈐有此印。文徵明家族向以文天祥爲祖先而引以爲豪，此印鈐打在《文天祥像》上，似更能體現印文『東吴文獻衡山世家』的確切含意。

三、『王履約印』白文印（圖一〇）。北京故宫博物院藏陳淳所作《合歡葵圖卷》後有王守題詩：《詠尚之後院合歡黄葵》，年款署甲申，甲申即嘉靖三年（一五二四）。王守於嘉靖五年丙戌（一五二六）中進士，故甲申時尚在蘇州石湖寓中，時文彭與王守、王寵相伴攻讀，以應舉業。王守甲申跋陳淳卷後所用兩方印章，一方爲『王履約印』白文印，一方爲『涵峰』朱文印。『王履約印』與文彭詩稿上同文印一致，遂可知此印刻成的時間下限爲嘉靖三年甲申（一五二四）。時文彭年二十八歲。

四、『吴門王守』白文印（圖一一）。上海博物館編《中國書畫家印鑒款識》曾著録，説明文字顯示『吴門王守』白文印與『王履約印』白文印同鈐於《祝允明行書王寵真書合卷》上。因知王守有將此二印連用之習慣。故二印當作於同時。

五、『吏科都給事中』朱文印（圖一二），屬仕履身份印。欲判斷此印印主，似應先從文彭交遊人物中推定。我注意到一件王守的作品，有條件幫助確認印主。今藏天津藝術博物館王守《行書張桂岩墓志銘》，無紀年，款署：『賜進士第中憲大夫太常寺少卿提督翰林院四夷館、前吏科都給事中王守撰。』款後鈐有印三方：其一爲『奉常』朱文印，此爲王守當時的仕履身份印，即表示他時任職務爲『太常寺少卿、提督翰林院四夷館』，因太常寺任職古稱『奉常』；其二爲『王履約印』，與本詩稿上同文印完全一致；其三爲『韡韡齋』朱文印，這是王守的齋號。重要的是，王守在落款時寫明了『前吏科都給事中王守撰』，這説明王守在任太常寺少卿之前，所任即爲『吏科都給事中』。既然《行書張桂岩墓志銘》上王守使用了仕履身份印『奉常』，這説明他有用這類仕履身份印的習慣。（在明代此習慣很普遍，但非人人如此）如果王守在『吏科都給事中』任上，則完全會使用『吏科都給事中』印。這是我推斷『吏科都給事中』印主即爲王守的理由。

現在我們是否可以確認這件無紀年作品的寫作時間，則非常重要。從《行書張桂岩墓志銘》中所記可知，墓主人『嘉靖丁酉十一月二日以疾卒，其生實成化己亥四月二十三日，春秋五十有九。卒之明歲戊戌（某）月（某）日，葬吴縣吴山（某）字（某）圩之先塋』。即張桂岩卒於嘉靖十六年丁西（一五三七）冬，落葬時間則爲次年戊戌（一五三八），故王守書寫《行書張桂岩墓志銘》的時間，當在嘉靖十六年（一五三七）十一月二日以後的當年冬天至嘉靖十七年（一五三八）間。時王守四十六歲至四十七歲，文彭四十一歲至四十二歲。王守在《張桂岩墓志銘》落款時，既稱『前吏科都給事中』，則文彭爲其刻『吏科都給事中』印的時間還須前移。

文彭創作這方印章的具體時間，當是王守在吏部任職的初始之時。據《明世宗實録》卷一五二、卷一六六記載，王守於嘉靖十二年（一五三三）七月十六日至嘉靖十三年（一五三四）八月十一日任吏科都給事中，接著便改任太常寺少卿、提督四夷館，直至嘉靖十七年（一五三八）八月一日改職。故文彭作此印當在嘉靖十二年（一五三三），時三十七歲。另外值得一提的是，『吏科都給事中』一印，在本册上鈐打於文彭所作《春日懷石湖》詩題的下方，可窺文彭鈐打此印時的動機，恰反映了對王守兄弟及對在石湖共同讀書時光的懷念。

如上所證，這些印作中至少有一部分爲文彭青年至中年時期的印作。至於其他印作是否可能是文彭六十歲前後所刻，限於目前未能將其他印章的印主弄清，並查尋他們作品上的鈐印加以考證，所以，只有留待今後作進一步的努力了。

六、《文三橋詩稿》上十五方印章所反映的信息

迄今爲止，由於没有徵信的圖像資料，只能從文彭書畫上的款印取樣來觀察他的印風，對文彭一生篆刻藝術風格的分期研究一直無從展開。現在經過考證，我們大致可以確定《文三橋詩稿》上的這十五方印章中的部分印作是其二十五歲至四十五歲時段的篆刻作品。文彭享年七十五歲，故將這部分印作視爲其早期印作，當可以成立。

如前表所示，這十五方印作朱文印計十二方、白文印計三方。這反映了文彭可能偏好創作朱文印。其中三方白文印，無疑可能解讀爲漢印風格，而十二方朱文印則主要反映了元朱文風格。（其中『見初』一方用古文，非元朱文風格，當屬例外，或是文彭偶然的嘗試）這是整個明代早中期文人用印的基調，其風格來源即始自元初趙孟頫、吾衍形成的元代文

人印的兩大格局。周應願《印説》嘗言：『至文待詔父子，始辟印源，白登秦漢，朱壓宋元。』周應願《印説·得力》，明萬曆刻本。所描述的，正是這兩種格局的白文印與朱文印。

過去的觀點，大抵都錯誤地將文彭看作明代文人篆刻藝術的開山鼻祖。此説主要受明末清初周亮工《印人傳》之影響，於是將文彭的前輩及文彭同輩的文人篆刻家遮蔽了。隨著近數十年文獻資料的挖掘，我們越來越多地掌握了明代中期蘇州文人篆刻藝術的發展狀況。文彭的父輩，如祝枝山、文徵明、唐寅等，均有治印的記録，而文彭同輩書畫家，如陳淳、王守與王寵兄弟、文嘉、許初、王穀祥、周天球等，在前輩的影響下克紹箕裘，他們或設計印稿後交由刻工藝匠完成，或自己動刀刊刻。這是嘉靖時代文人篆刻家治印的基本狀況。

文獻顯示，僅文彭設計印稿後交付刊刻完成的藝匠，就有王少微、李文甫、鮑天成等數人。文人所用印章之印材，如牙、如玉、如銅、如木、如青田石等，並非單純之一種。上述十五方印中如『非屋非舟居士』『吏科都給事中』『浮丘山人』朱文印及『珠泉主人』白文印皆似牙印，筆畫均匀、光滑是其特徵。此數印收拾得一絲不苟，刊刻中似透射出工匠手法，不排除文彭設計印稿後交工匠刊刻而成。而『王履約印』、『徵明』連珠印、『存笏堂』『文彭之印』『見初』『與造物遊』等印則當爲石印，這些印作多作殘邊，且從本册上可見其連續試鈐的過程中將邊欄用刀刻去的痕跡，這是石印易刻的特徵，而非牙、玉、銅印的特徵，更非工匠的作派。從中不難窺及文彭不假他手、自己用刀的信息。

對文徵明的弟子和文彭、文嘉（一四九九—一五八二）二子而言，文人篆刻藝術活動已不是如元末王冕那樣的孤立行爲，而是相互切磋、相互玩賞並引以爲新的時尚，所以相互間的影響也是不可避免的。文彭作爲這個圈子的核心人物，便值得我們去觀察他與周圍同道的關係。通過對這十五方印作的比較，或能作些有價值的分析。

如作縱向比較，此十五方印作與文徵明用印、祝允明用印等，其印風基調是統一的。如作横向比較，與許初、王禄之、王守、王寵兄弟等用印，其基調也相對統一。這種風格的基調即平和、古雅、簡静的文人氣質，白文皆宗漢，朱文皆取法元人。這也是明代初、中期吴門文人書畫家用印的風格傾向。其『浮丘山人』一印（圖一三－一）頗可作縱横比

圖一三－一
文彭 浮丘山人

圖一三－二
祝允明 枝山

圖一三－三
黃姬水 赤城山房

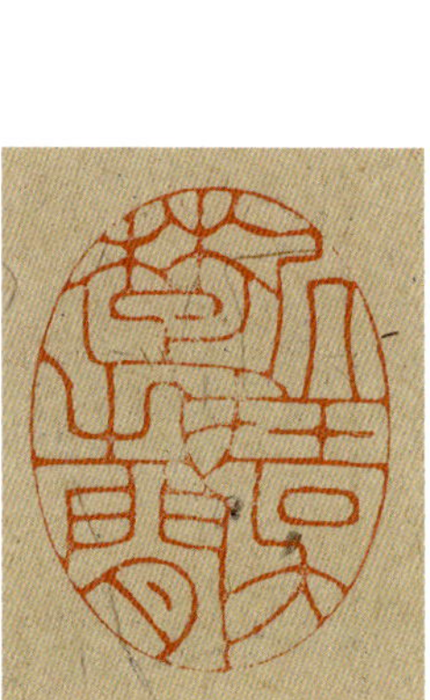

圖一四
文彭 居在吴楚之間

圖一五
文徵明 停云

圖一六
文嘉 桃塢

較，其中『山』字篆法别致，三個山頭並列。祝允明有『枝山』長方形朱文印（圖一三－二），爲明前期出現的粗朱文風格，『山』字篆法與『浮丘山人』印近似，唯中間山頭略高。又年齡小文彭十二歲的黃姬水有『赤城山房』朱文印（圖一三－三），其『山』字篆法與『浮丘山人』印酷似。黃姬水（一五〇九—一五七四）字淳父，文徵明弟子。髫髻即曾侍奉文徵明，與文彭、文嘉兄弟友誼很深。黃姬水亦善篆刻，他們之間篆刻上的互動，自是生活中的常事。此一『山』字篆法未在祝氏之前的文人印中出現，故是印既可看到文彭仿祝之痕跡，亦可看到他對同輩黃姬水的影響，當然也不排除『赤城山房』印即出自文彭之手的可能。

此外，本册上的『居在吴楚之間』朱文印（圖一四），也可作相同的比較分析。此印形爲橢圓，文字挪移穿插，錯位變形，精心設計，獨具匠心。若作縱向比較，文徵明有圓形朱文『停雲』印（圖一五），『停』字左偏旁伸入『雲』左側，使上下二字咬合，而在文徵明之前的文人用印中未見此類設計。若作横向比較，亦非孤立。如文嘉用印中的圓形朱文印『桃塢』（圖一六），與此印用了相同的裝飾手法，設

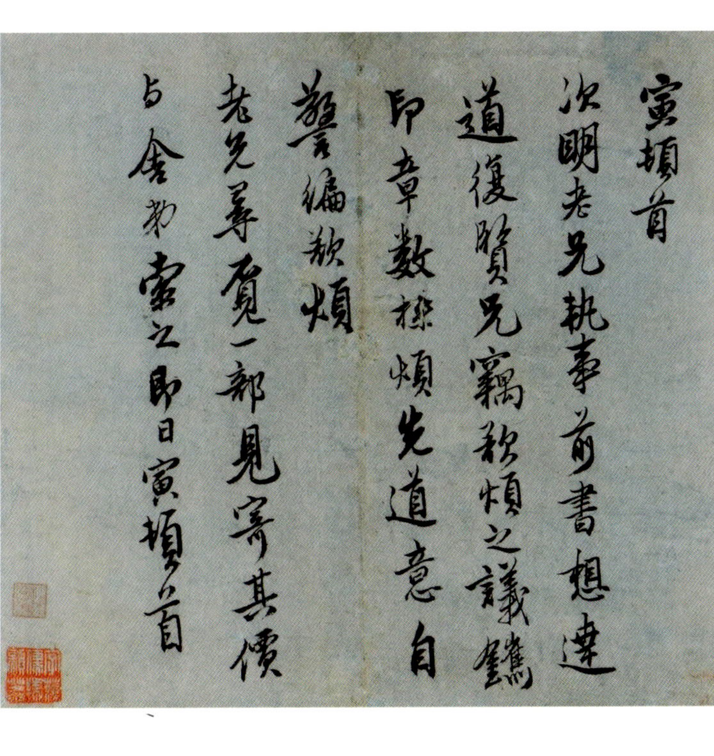
寅頓首
次明老兄執事前書想達
道復賢兄竊欲煩之議鐫
印章數枚煩先道意自
[illegible]編款煩
老兄尋覓一部見寄其價
與舍弟寅之即日寅頓首

圖一七　唐寅　致吴爟札

計感極强。此可證明兄弟二人相互切磋、共同探索創造。此種手法在萬歷時代印人的印譜中多見，故這類風格可視爲文氏兄弟對元代朱文印形式美的突破，並因此成爲後世印人效法的經典之作。

在横向比較中，還有一些值得深入觀察的現象。文徵明弟子陳淳（一四八四—一五四四）長文彭十三歲，與文彭、文嘉兄弟過從甚密。相互間的藝術追求，當都是彼此之間關注的對象。陳淳以書畫名世，然亦善刻印，今存《唐寅與吴爟札》（圖一七）二〇二一年浙江大學藝術與考古博物館『三吴墨妙』展，有近墨堂藏《唐寅與吴爟札》展出，其文曰：『次明老兄執事，前書想達。道復賢兄竊欲煩之，議鐫印章數□，煩先道意。』可確證，其内容是唐寅托吴爟（字次明，吴縣人）轉請陳淳刻印數方。又王穉登爲周應願所作《印說序》中云：『迨肅皇帝（嘉靖）時，陳道復父子、文壽承、王禄之、和仲（王少微）諸君出，而後庶幾可復古也。』王穉登《印說序》，據周應願《印說》，明萬曆刻本。文中將陳淳置於文彭之前，可見陳淳在蘇州文人篆刻圈子裏的地位之重。此外，萬曆間沈野《印談》中曾說：

文國博刻石章完，必置之櫝中，命童子盡日搖之。陳太

圖一八—一 陳淳 白陽山中人

圖一八—二 陳淳 白陽山人

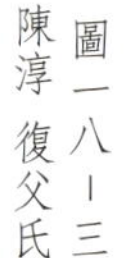

圖一八—三 陳淳 復父氏

圖一八—四 陳淳 淳父氏

圖一八—五 陳淳 道復

學以石章擲地數次，待其剥落有古色，然後已。沈野《印談》，據吴隱《遯庵印學叢書》西泠印社活字排印本。

這段文字中的『陳太學』即指陳淳，其意是説文彭和陳淳刻石印後使用特殊的作舊處理手法，使刊刻後的石印能呈現自然的狀態。這也是史料中較爲具體談到陳淳篆刻活動的例證。

我們注意到陳淳的自用印中，除類似吴門書畫家基調風格的印作外，有七八方白文印頗爲特别，如『白陽山中人』『白陽山人』『復父氏』『淳父氏』『道復』等（圖一八），陳淳諸印圖像，取自上海博物館編《中國書畫家印鑒款識》（北京：文物出版社，二〇〇二）第一〇六一頁。其章法已越出漢印印式，其篆法也與漢印用繆篆迥異，用刀率意自然，有單刀刻石的明顯特徵。筆畫頭豐末鋭，用倒薤手法，灑脱勁拔，筆意表現清晰可見。這些印作中的篆法從何而來？原來，陳淳擅寫草篆頗有時名，如王穉登論其畫時所言：『陳太學……出其餘，作草篆，幽勝可觀。』王穉登《國朝吴郡丹青志·逸品志·兩陳君》據《中國書畫全書》第三册（上海：上海書畫出版社，一九九二）。今天我們還能看到戊子年（一五二八）陳淳四十五歲補題於《合歡葵圖卷》上的篆書長跋（圖一九），也用倒薤手法，新鮮活脱，與上述提到的五六方白文印篆法風格一致，頗具文人印寫意之趣。又如

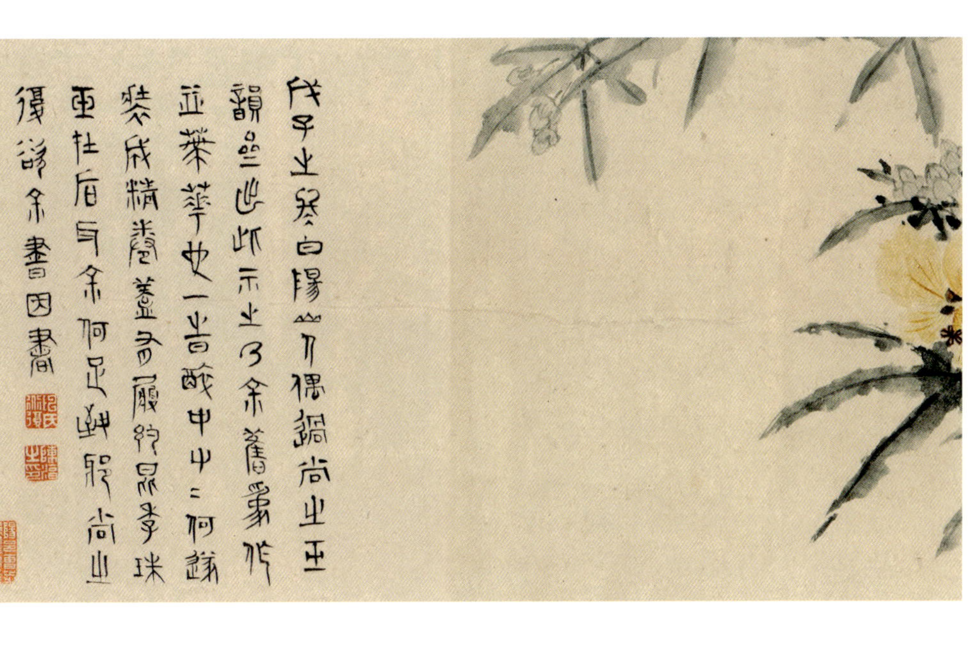

圖一九 陳淳爲袁褧題自作《合歡葵圖卷》局部（四十五歲作）

嘉靖十七年戊戌（一五三八）陳淳五十五歲所作的《落花遊魚圖》扇面上，有草篆落款（圖二〇），而『道復』二字與上舉『道復』白文印如出一轍，正可證此印寫刻皆出於己手。陳淳這些印作的篆法、刀法因與他的草篆筆法相同，所以可視爲早期文人篆刻家『以書入印』『印從書出』的典型例證，也是陳淳對文人篆刻藝術的傑出創造。

很明顯，上述文彭十五方印中的白文印，並沒有這樣的作品，且表現出文彭印作基本屬於巧思雅正的一路，與上述陳淳風格不類。然而在存世的文彭書法作品上，也鈐有如白文印『文壽承氏』『壽承氏』等，文彭諸印圖像，取自上海博物館編《中國書畫家印鑒款識》（北京：文物出版社，二〇〇二）第一六二頁。卻出現了與陳淳相同的草篆法和刀法（圖二一）。文彭的篆書作品不多，大抵見於他在題書畫引首時的小篆，手法與其父文徵明相同，而與陳淳這種草篆的風格完全不同。所以文彭使用這樣的印章，必有效仿的對象，值得關注。

以白陽山人爲號，是陳淳三十四歲時因父去世後葬於小白陽山而起，參見朱愛娣《陳淳年譜》（上海：上海書畫出版社，二〇一八）頁一二六。故『白陽山中人』這類白文印的刻治

圖二〇 陳淳《落花遊魚圖》扇面

圖二一－一　文彭　文壽承氏

圖二一－二　文彭　文壽承氏

圖二一－三　文彭　壽承氏

時間也必在此後。陳淳三十四歲時，文彭僅二十一歲，從前述文彭十五方印作風格看，與陳淳這些印作基調不同，即寫印稿的方法不同，用刀的方法也不同。因推測文彭曾從陳淳處借鑒此種更爲寫意的手法是完全可能的，如是，亦可看成是文彭另一類印風的變化。

周應願《印説》中説文彭『間篆印，與到或手鐫之，却多白文，唯「壽承」朱文印，是其親筆，不衫不履，自爾非常』。周應願《印説·成文》，明萬曆刻本。『壽承』朱文印在今文彭傳世作品中未見，各種書畫家印鑒也無載，故無法判斷此印的面貌。本册中有『與造物遊』朱文印，結字、用刀多見率意，或可被看作此類作品。然而『不衫不履，自爾非常』八字，如用於表述陳淳上述印作，似最爲妥帖。

董其昌嘗論及文人印章的神、妙、能、逸四品，於『逸品』時舉例云：『僅見梁伯鸞之一類，文壽承爲陳淳刻「道復氏」近之矣。』董其昌《賀千秋印衡題詞三則》，《容臺文集》卷三，明崇禎庚午刻本。評價甚高，然此印亦未見後世著録。若董氏所言不誤，則説明文彭曾爲陳淳刻印。反之，那當然陳淳也可能爲文彭刻印。那麽，文彭書畫作品上所鈐蓋的類似陳淳風格的印，出於陳淳之手也在情理之中。

以上討論，基本可以得出以下結論。

一，文彭二十多歲就已有篆刻作品問世，上海圖書館藏《文三橋詩稿》是明證。這是他早期篆刻活動的起點。他受父文徵明指教，承繼的篆刻源頭，主要是趙孟頫提倡並實踐的元代文人印的兩大格局，即白文用漢白文，朱文用元朱文，在此基礎上文彭有所創造和發展。清初朱彝尊曾直指其風格來源，詩云：『再時長洲文博士，刻石頗有松

圖二二
文彭　兩京國子博士

雪風。』這也與其父文徵明於書、畫、印皆重趙孟頫相合拍。

二，明代後期，文彭身後的評論各執一詞，如許令典在《甘氏印集叙》中言：『壽承拾瀋宋元，而背馳秦漢。其文深刺，利於象齒，俗士詡焉。』許令典《甘氏印集叙》，據甘暘《甘氏印集》萬曆刻鈐印本。這兩句話都有問題，既然説他來源宋元，而元代趙孟頫已經倡導『漢印』，如何『背馳秦漢』。後一句顯然是目見有限，文彭有深刺象齒的印章並不奇怪，因其篆稿後須交工匠完成，或許令典僅看到這種有工匠痕跡的文彭印作，故知其一不知其二，有盲人摸象之嫌。本册中的印跡可證文彭也有以石刻印的作品，如『文彭之印』『與造物遊』等印，去邊、殘破，頗具文人印特徵。以往，未見明代有對文彭這類脱去工匠之手的印章作篆法、章法、刀法等技法上的評論，現因看到本册上的印跡及用刀修改之細節，故可對文彭印作具體的討論。

三，文彭晚年刻有自己的仕履身份印『兩京國子博士』朱文印（圖二二），是可作爲文彭晚期印作的代表作。比較本册上其三十七歲時爲王守所作『吏科都給事中』一印，可窺其從青年時代始形成的風格基調總體未大變。然如前文提到在文彭書畫用印中『另類』印作風格，可能與陳淳相關，值得深入研究，並期望有更多的綫索發現。

結語

魏錫曾《論印詩二十四首·文彭三橋》云：

贗鼎遍天下，俗至不可醫。篆尾雙朱文，秀華擢金支。安得窺全豹，撥霧南山陲。魏錫曾《續語堂論印匯録》，據吴隱《遯庵印學叢書》西泠印社活字排印本。

文彭印作的贋品迷霧籠罩了數百年。今天因這本《文三橋詩稿》上十五方印作的出現，可以説撥開迷霧、窺其一斑了。

文彭是明中期最具影響力的文人篆刻家，然其所創作印章的真實面貌至今撲朔迷離。流傳至今的印側刻有文彭款的印章，不僅多爲歷史上專門家所否定或質疑，甚至可以説没有一方經得起縝密地推敲。鈐於明代印譜上標名文彭的印跡，當以崇禎時太倉人張灝輯《承清館印譜》爲最夥，但此印譜離文彭去世已半個世紀，因此也無法確認其真實性，且此譜上所載文彭印跡，程式化嚴重，讀來索然無味，令人無法認同其出自真跡。爲此早有人提出了只有文彭鈐於自己作品上的款印方爲真跡的觀點。其實早在明代萬曆間的印人印譜中，凡學習早期文人篆刻家的印作，都採用了臨摹文人書畫作品上款印的方法。如萬曆時南京印人甘暘有印譜《集古印正》傳世，在此譜《唐宋近代印》中，我們讀到了其所摹刻的王寵、陳淳、陸治、王穀祥、文伯仁、文徵明和文彭的姓名款印，這可以視爲當時印人以吴門書畫家印風作爲學習典範的例證。崇禎間朱簡的《印圖》更有過之，所臨除文徵明、文彭、王寵、陳淳的姓名印外，更增沈周、祝允明、唐寅等人的印章。他還將臨摹範圍擴展至松江沈度、張弼、莫雲卿等書畫家的款印，反映出臨摹吴門、松江文人印作的濃厚興趣。然而晚明印人的這些臨摹印作都局限於書畫作品上常見的款印，而没有如本册中所見的闲章。這從另一個角度説明，當時的印人同樣不知道文彭除書畫款印外還有哪些印作。

晚明福建莆陽人余藻在《石鼓齋印鼎》中亦多有臨摹近代印人的印章，他在《凡例》中稱：

今搜海内名公藏書畫中印章，集付其間，補前人之未備。余藻《石鼓齋印鼎》，明崇禎元年刻鈐印本。

明確説明了其印章臨摹範本的來源。可見採集文人書畫作品上款印的方法，已成爲晚明印人臨摹文彭、陳淳、王寵及更前的趙孟頫、文徵明等人印作的唯一途徑。臨摹者既欲取法，必以真跡爲目標。顯而易見，這一目標是以印與書畫作者一體化方可信賴爲客觀標準的，這在鑒定上海圖書館所藏《文三橋詩稿》上的十五方文彭印作中，有著可信不誣的體現。

需要特别指出的是，確認上海圖書館藏《文三橋詩稿》中這十五方文彭印作，已突破了僅以其姓名等款印來瞭解文彭印風的局限。當然文彭作爲早期文人篆刻史上的代表人物，顯然有著時代的烙印，後人觀之，不當以今人的喜好來評價他。《文三橋詩稿》還原了文彭在文人生活中詩、書和篆刻的活動，也爲我們更多地瞭解文彭及同時期文人篆刻家開啓了一個窗口，這個窗口在未來一定還有新的發現。

此稿蒙上海圖書館及梁穎先生幫助，僅表衷心感謝！

後記

本文原發表在《中國書法》二〇二二年第六期上。由於我未能重視本册各頁有錯裝順序的問題，至使失察《六十》一詩。現根據此詩，對原文中詩稿的寫作時間段作了更正，並對所涉相關問題加以修改和調整。

作者 二〇二三年三月

《文三橋詩稿》的性質、内容與書法

蔡春旭　薛龍春

吴門文氏素稱文獻世家，祖上初以武功顯達，自文惠（一三九九—一四六八）讀書業文，其子文洪（一四二六—一四七九）以儒學起家，中成化乙酉（一四六五）舉人，官淶水教諭，自此『世世受仕，亦世世受詩』。王穉登《文録事詩序》，文肇祉輯《文氏家藏詩集七種十七卷》，收入《四庫提要著録叢書》（北京：北京出版社，二〇一一）集部第一五二册，頁六二六。文洪長子文林（一四四五—一四九九）、次子文森（一四六四—一五二五）先後考中進士，文林次子文徵明（一四七〇—一五五九）雖然屢試不第，但在嘉靖二年（一五二三）被舉薦爲翰林院待詔，文徵明二子文彭（一四九七—一五七三）、文嘉（一四九九—一五八二）步其後塵，皆在晚年通過貢舉踏入仕途。文氏諸人多有詩文集存世，今尚能見到文洪《文淶水詩一卷遺文一卷》、文林《文温州集十二卷》、文森《文中丞詩一卷》、文徵明《甫田集三十五卷附録一卷》、文彭《文博士詩集二卷》、文嘉《文和州詩一卷》等。由於文徵明父子俱善書法，他們的詩文稿本也備受珍視，今日公私所藏尚有多種。這些稿本雖多是殘篇，但文本、書法都頗有價值。王世貞（一五二六—一五九〇）曾聽吴人説，文徵明每到新年就書寫一册舊日詩文，該習慣保持至晚年，其去世後詩文稿分散給諸子，後被徽州人以四十千購去廿册。王世貞《弇州山人四部稿》（明萬曆五年世經堂刊本）卷一百三十一《三吴楷法十册》第五册，葉一六A。文徵明弟子周天球（一五一四—一五九五）亦云，數見其詩稿被拆成散葉售人。據天津博物館藏文徵明《詩翰稿合册》後周天球題跋。由於後人不能永保，文氏諸人的稿本多有散佚，亟待詳加整理。周道振先生（一九一六—二〇〇七）傾一生之力收集、整理文徵明的詩文書畫，功不可没，《文徵明集》搜羅資料廣博，然審定不精，時有僞作闌入，隨著公私收藏不斷披露，可補者亦復不少。上海圖書館藏文彭《文三橋詩稿》即爲遺珠之一。

文彭，字壽承，號三橋居士、白谷居士、快齋居士（圖一）。蘇州府長洲縣人。在良好的家庭熏陶和教導之下，文彭自幼習得多方面的藝能，詩文、書法、篆刻無一不精，兼能繪事。他在仕途上長期不得志，十次科考敗北，嘉靖丙辰（一五五六）參加貢試後得官，初任嘉興縣學訓導，補授

圖一 清 李岳雲《文彭像》南京博物院藏

順天府學訓導，升國子監學録，仕終南京國子博士。隆慶辛未（一五七一）歲末以考績入京，仍授北京國子博士。萬曆癸酉（一五七三）正月卒於京城。文彭生平參見許穀《明兩京國子博士致仕贈文林郎文公墓志銘》，褚亨奭纂《姑蘇名賢後紀》，收入《叢書集成續編》（上海：上海書店，一九九四）第二八册，頁八六七－八六八。文彭少時從湯珍（一四八七—一五五二）學詩，師

生並稱名家。王世貞《弇州山人續稿》（明萬曆刊本）卷四十七《湯迪功詩草序》，葉一四B。因受到父親影響，時人亦有微詞，嘗以『文家詩』訾之。張鳳翼《處實堂續集》卷四《談輅續》，收入《四庫全書存目叢書》（濟南：齊魯書社，一九九七）集部第一三七册，頁四九七。友人張鳳翼（一五二七—一六一三）説『和州（文嘉）師友父兄出入獻吉』。張鳳翼《文博士先生詩集序》，文

彭《文博士詩集》附録，收入《明别集叢刊》第二輯（合肥：黄山書社，二〇一五）第四九册，頁四五七。獻吉爲復古派的領袖人物李夢陽（一四七三—一五三〇），文壇『前七子』的主盟人物，除了文氏家族，吴門袁氏、王氏、黄氏、皇甫氏等也都是他的追隨者。文彭詩作無意求工，自然清雅，但並無突出成就，錢謙益（一五八二—一六六四）《列朝詩集小傳》評價道：『二承皆明經修行，清真遠俗，瓊枝玉樹，真王、謝家子弟也。以其詩言之，則膚淺沓拖，了無佳句，祖父風流，於焉夐絶矣。』錢謙益《列朝詩集小傳》（上海：上海古籍出版社，一九八三）丙集，頁三〇七。朱彝尊（一六二九—一七〇九）則認爲二人翰墨無忝於乃翁，詩歌勝於彭年（一五〇五—一五六六）、陸師道（一五一〇—一五七三）、居節（一五二七—一五八六／一五八七）、周天球等文門弟子。朱彝尊《静志居詩話》（北京：人民文學出版社，一九九〇）卷十三，頁三七九。

一

《文三橋詩稿》共計三十五頁，收録文彭詩作約一百二十首，並有晚清趙文麟、陳宗元題跋各一頁，藍綢封套上鑲了一塊白綢，上有陳經隸書『文三橋真跡』五字。詩稿無界格，中間留空較多，推測原初寫在包背裝的空白書册上，後改爲册頁。此稿並不完整，編次亦有失誤，如原册第一一頁應置於第二九頁之後。且從書跡和内容來看，這套詩稿至少包含了兩組稿本，理由有三：一，第二四頁《崔平川五十》（五言）詩後空了一行，第二五頁第一首爲七言，缺詩題，内容亦爲祝壽，但顯然屬於另一組詩；二，第二五—三五頁的詩稿多有塗乙、修改之處，部分字跡潦草，有的添改處用淡墨，非一時所爲；三，第二六頁《次韻朱東泉母孫同誕》《挽鳳岡》又出現在第一〇頁，該頁《挽鳳岡》中『落落悲風掩匣光』有改動痕跡，『落落』改爲『颯颯』，第一〇頁則直接寫作『颯颯』，可見前者是草稿，後者是定稿，第二七頁《泉清壽倪汝公父》又見第九頁。由此推測，詩稿第一—二四頁爲謄清稿，第二五—三五頁爲草稿，後者中的部分詩作尚未成形，且未加詩題，如第三三、三四頁的幾篇詩作。

詩稿中涉及人物共計五十一位，可考者二十九位，部分詩作的時間亦可推定，爰考證如下。

《九月八日同顧二貞叔、陸□紫芝、祥上人虛白登天平》（第一頁）、《次顧二貞叔至夜書懷二首》（第八頁）：今見文徵明父子參與製作的《明人送沈與文北上詩畫册》（中國嘉德二〇一一年秋拍）、《明人爲顧太夫人壽册》（上海楓江書屋藏）中皆有顧奉、陸芝詩作，據款印可知：顧奉字貞叔，又字仲常，號玄室，因行二，文彭稱其爲『顧二』，其餘俟考。《文博士詩集》卷上還有一首《舟中與顧貞叔夜話》。文彭《文博士詩集》卷上，頁四六二。陸芝，字幼靈，號紫芝，黄省曾《五岳山人集》卷三十一《與陸芝秀才書一首》云：『省曾白，紫芝秀才足下。』可知陸芝號紫芝。收入《四庫全書存目叢書》集部第九四册，頁七九三。爲蘇城之臨頓里人，所缺一字當爲排行。陸芝爲嘉靖十一年（一五三二）府學貢生，官攸縣知縣。《（乾隆）長洲縣志》（中國國家圖書館藏清乾隆十八年刊本）卷二十科目，葉五一A。文彭自幼與之相識，《送陸幼靈宰攸縣》云：『丱角即相知，老大傷離别。』文彭《文博士詩集》卷上，頁四六四。所知陸芝最晚的蹤跡是，嘉靖壬子（一五五二）冬文伯仁（一五〇二—一五七五）在京城爲其畫《湘潭雲暮圖》作别。中國古代書畫鑒定組編《中國古代書畫圖目·一》（北京：文物出版社，一九八六）頁二八〇。虛白爲吴城馬禪寺主僧，名祥，號石鄰。通詩文，好古董，有高士風，與吴門文人交善。端方《壬寅消夏録》著録《明王雅宜先生自記稿》之《虛白上人墓志銘》，收入《續修四庫全書》（上海：上海古籍出版社，二〇〇二）第一〇八九册，頁五六六。按：此册今藏北京大學圖書館，薛龍春認爲是王寵學生或友人所抄，而非其手跡，見《雅宜山色：王寵的人生與書法》（上海：上海書畫出版社，二〇一三）頁二〇四—二〇五。虛白與王寵（一四九四—一五三三）相識於正德庚午（一五一〇），交往二十餘年，其墓志爲王寵所撰，王寵卒於嘉靖癸巳（一五三三）四月三十日，文徵明著、周道振輯校《文徵明集》（增訂本，上海：上海古籍出版社，二〇一四）卷三十一《王履吉墓志銘》，頁六八七。故虛白去世當在十六世紀三十年代初。文彭此詩的創作時間大致可斷。

《送郡伯可泉胡公考績》（第二頁）：胡纘宗（一四八〇—一五六〇），字孝思、世南，號可泉、鳥鼠山人，秦安人，正德戊辰（一五〇八）進士，嘉靖癸未（一五二三）自安慶知府轉任蘇州，焦竑輯《國朝獻徵録》卷六十一佚名撰《通議大夫都察院右副都御史可泉胡公纘宗墓志銘》，收入《續修四庫全書》（上海：上海古籍出版社，一九九五）第五二八册，頁三五四—三五五。丁亥（一五二七）秋升山東左參政。王寵《雅宜山人集》卷九《送天水胡公序》，收入《四庫全書存目叢書》集部第七九册，頁一〇一。據文彭詩中『五馬朱輪安慶來，三年奏績黄金臺』之句，知作於一五二六年。

《送大司寇見素林公致仕還閩》（第二頁）：見素林公爲林俊（一四五二—一五二七），字待用，莆田人。成化戊戌（一四七八）進士，官至刑部尚書。林俊《見素集》附録楊一清《明故榮禄大夫太子太保刑部尚書見素林公墓志銘》，收入《明别集叢刊》第一輯（合肥：黄山書社，二〇一三）第六八册，頁一四四—一四九。據王寵《送大司寇莆田林公還閩序》：『越明年嘉靖壬午（一五二二），公力疾驅道，遷刑部尚書，俾帥若屬，以掌邦禁。居無何，公謁告入，乞身於朝，天子挽之益勞，公弗克起。又明年癸未（一五二三）七月，上可公行。』王寵《雅宜山人集》卷九《送大司寇莆田林公還閩序》，頁一〇〇。林俊於癸未秋日還鄉過吴，文彭詩即作於此時。

《送陸修撰舉之省覲還鄞》（第三頁）：陸釴（一四九四—？），字舉之，鄞人。張時徹（一五〇〇—一五七七）《山東提學副使陸公釴列傳》稱其己卯（一五一九）舉於鄉，庚辰（一五二〇）會試中式，辛巳（一五二一）廷對擢甲科第二，拜翰林編修，與修《武宗實録》，進修撰。嘉靖三年（一五二四）大禮議事件結束，他作爲參與者遭到宿仇攻擊，出爲湖廣按察司僉事。焦竑輯《國朝獻徵録》卷九十五，收入《續修四庫全書》第五三〇册，頁四〇一。文彭此詩應作於一五二二年或一五二三年，詩云『還有黄花滿眼香』，黄花即菊花，陸釴大概在秋季還鄞，路過蘇州，文彭寫詩爲别。

《九日遊石湖次白二貞甫韻》（第四頁）：白二貞甫即武進人白悦，字貞夫，號洛原。嘉靖壬辰（一五三二）進士，官至尚寶司司丞。生於弘治戊午（一四九八），卒於嘉靖辛亥（一五五一）四月。徐階《世經堂集》卷十六《尚寶司司丞致仕洛原白君墓志銘》，收入《四庫全書存目叢書》集部第七九册，頁七〇四。白悦與文氏父子交好，不時來蘇州拜訪，文徵明《白貞夫夜話》有『金陵談笑重留連，再見停雲又隔年』云云，《文徵明集》補輯卷六，頁八七七。可見一斑。文徵明在丁亥（一五二七）十月爲其畫扇，並重書其父白圻的墓志銘，己丑（一五二九）爲其作《洛原草堂圖》。壬寅（一五四二）文徵明喪妻，白悦亦前往祭奠。參看蔡春旭《白悦的别號圖——文徵明

〈洛原草堂圖〉研究》,《美術史與觀念史·二十四》(南京:南京師範大學出版社,二〇一九)注釋八,頁五六三。

《宿海岳樓次王繩武韻》(第四頁):王同祖,字繩武,世爲蘇之昆山人。其父王銀與文徵明同爲吴愈之婿。正德己卯(一五一九)舉於鄉,庚辰(一五二〇)舉於禮部,辛巳(一五二一)登嘉靖首科進士,年才弱冠,選入翰林,爲庶吉士,授翰林編修。他和文彭同年出生,卒於嘉靖辛亥(一五五一)。其女嫁給文彭長子文元肇(後更名肇祉,一五二〇—一五九〇以後)。王同祖《五龍山人集十卷本》(天津圖書館藏明萬曆十六年王炳璿刻本)附録文徵明《明故國子司業兼司經局校書王繩武墓志銘》。海岳樓在鎮江金山,白悦《白洛原遺稿》卷五《金山海岳樓次樊川許少華先生》,收入《四庫全書存目叢書》集部第九六册,頁一四三。二人登覽時間俟考。

《别許攝泉父子》(第五頁):許攝泉父子爲金陵人許隚、許穀。許隚,字彥明,號攝泉,隱居不仕,與文徵明、陳沂(一四六九—一五三八)、王韋(?—一五二五)、顧璘(一四七六—一五四五)四人稱密友,卒於嘉靖丙申(一五三六)六月,得年六十有八。顧璘《顧華玉集·息園存稿文》卷五《攝泉隱君許彥明墓志銘》,收入《景印文淵閣四庫全書》(台北:台灣商務印書館,一九八六)第一二六三册,頁五一六—五一七。許穀,字仲貽,號石城,嘉靖乙未(一五三五)進士,官至南京尚寶司卿,生於弘治甲子(一五〇四),卒年八十有三。焦竑輯《國朝獻徵録》卷七十七京學志《南京尚寶司卿許公穀傳》,收入《續修四庫全書》第五二九册,頁二〇九—二一〇;生年據許穀《許太常歸田稿》卷二《今昔行寄顧小川》:『君年庚午(一五一〇)余甲子(一五〇四),論交猶記庚寅(一五三〇)始。』收入《四庫全書存目叢書》集部第一〇四册,頁九六。文、許兩家的交往多在文氏父子去金陵考試之際,目前所見文彭最早前往金陵的記録在正德己卯(一五一九)秋。據《文徵明集》卷十一《金陵客懷》(己卯作)其二『青衫潦倒發垂肩……夜呼兒子話燈前』推定,頁二七六。據『十年蹤跡石頭城』之句,知此詩作於嘉靖戊子(一五二八)南京鄉試不第之後。前後詩《憑虚閣》《舟中望觀音閣》有『獻賦十年猶未達』『十載舊遊無限恨』云云,皆作於同時。

《懷張子言時寓揚州》(第六頁):張詩,字子言,號崑崙山人,北平人。從吕柟(一四七九—一五四二)學舉業,繼而跟何景明(一四八三—一五二一)學詩文。生於成化丁未（一四八七），卒於嘉靖乙未（一五三五）。焦竑輯《國朝獻徵録》卷一百十五李開先《崑崙張詩人詩傳》，收入《續修四庫全書》第五三一冊，頁五二三—五二五。據薛龍春編《王寵年譜》所考，張詩於嘉靖丁亥（一五二七）過訪吴門，薛龍春編《王寵年譜》（上海：上海書畫出版社，二〇一二）頁一八五。《崑崙山人集》卷一有《秋日同文衡山父子、王禄之叔姪石湖泛舟五首》，張詩《崑崙山人集》卷一，收入《原國立北平圖書館甲庫善本叢書》（北京：國家圖書館出版社，二〇一三）第七五八冊，頁三一六七。文彭大概在此時與之相識。詩云『只尺故人不相見，飄零江海渺予愁』，當作於嘉靖戊子（一五二八）秋日文彭自金陵返吴舟中，時張詩寓居揚州。

《丹陽舟中話嘉弟》（第七頁）：嘉弟即文徵明次子文嘉，字休承，號文水道人。嘉靖乙丑（一五六五）歲貢生，初任吉水縣學訓導，升烏程縣學教諭，仕終和州學正。文含修《文氏族譜續集》（民國曲石叢書本）歷世生配卒葬志，葉五B。詩云：『昨夜乘潮發建康，今朝潮落又丹陽。……同舟爾亦得冷落，對酒無言淚萬行。』當作於一五二八年秋日文彭與文嘉鄉試落榜返吴舟中。

《送王二禄之會試禮部》（第七頁）：禄之即王穀祥（一五〇一—一五六八），號西室，長洲人。嘉靖乙酉（一五二五）鄉試中舉，己丑（一五二九）始中進士。皇甫汸《皇甫司勳集》卷五十六《明吏部文選清吏司員外郎王君墓表》，收入《景印文淵閣四庫全書》第一二七五冊，頁八七七—八七九。一五二五年，王穀祥進京考試，吴門師友賦詩贈別，詩叙爲祝允明（一四六〇—一五二七）所撰。祝允明《祝氏集略》卷二十七《送王禄之會試詩叙》，收入薛維源點校《祝允明集》（上海：上海古籍出版社，二〇一六），頁四五三。這次考試未中，一五二八年又赴京城，王寵《雅宜山人集》卷九《送王子禄之會試詩序》云：『歲己丑，天下士群試禮部，王子以戊子嘉平月先事北征，告別於當所來往，各爲歌詩以贈之。』王寵《雅宜山人集》卷九《送王子禄之會試詩序》，頁一〇二。目前所知，兩次北征除了祝允明、王寵的贈序，還有文彭、袁袞等人分韻賦詩。文彭《文博士詩集》卷上《送王禄之會試得姑字》，頁四六九；袁袞《袁禮部詩》卷上《送王二禄之春試賦得白字》，收入《明别集叢刊》第二輯第五二冊，頁六一八。詩云『揚子江頭又送君，北風吹雪正紛紛』，與文彭詩集所收不同，據『又』字，當作於一五二八年冬日。王穀祥與文彭、文嘉同在祝允明門下學書，青年時在治平寺一道讀書攻舉子業，情誼相篤，他的高飛令文氏兄弟頓感失落。

《送袁三補之會試禮部兼簡永之》（第七頁）、《再送補之得天字》（第八頁）：補之爲袁袞（一四九九—一五四八），字補之，號谷虛，吴縣人，嘉靖戊子（一五二八）舉鄉試，戊戌（一五三八）登進士第。袁來儀修《吴門袁氏家譜》（美國國會圖書館藏民國八年石印本）卷五《三房支譜表》，葉一A。永之爲袁袠（一五〇二—一五四七），字永之，號胥臺，嘉靖乙酉（一五二五）中舉，文彭有詩贈之，並參與吴門文人爲其壯行而創作的《北征圖》詩畫卷，次年袁袠中進士。文彭《文博士詩集》卷上《送袁永之會試》，頁四六八；張廷濟《桂馨堂集·清儀閣雜詠》之《袁永之北征圖》，收入《續修四庫全書》第一四九一册，頁七五二；袁來儀修《吴門袁氏家譜》卷七《五房支譜表》，葉一A。文彭二詩應作於一五二八年冬日送袁袞入京會試之際。吴門袁氏子弟中的袁袞、袁袠、袁褧（一四九五—一五七三）、袁褏（一四九九—一五七六）、袁表（一四八八—一五五三）、袁裘（一五〇九—一五五八）並稱六俊，與文氏父子皆有來往。

《分得簡寂觀送盧兵部師陳校文還朝》（第八頁）：盧襄，字師陳，吴縣人。據文徵明《陝西布政使司左參議盧君墓表》，盧襄『嘉靖癸未（一五二三），登進士，初授刑部某司主事，改兵部職方主事。丁亥（一五二七），升禮部祠祭員外郎。戊子（一五二八），再升兵部職方郎中，尋改武選』，嘉靖辛卯（一五三一）卒，年五十有一。《文徵明集》卷三十四《陝西布政使司左參議盧君墓表》，頁七三三—七三四。嘉靖戊子（一五二八）四月，盧襄受命與屠應埈（一五〇二—一五四六）主考江西鄉試，文徵明作《賦得廬山送盧師陳》，《文徵明集》卷十二，頁三三八。另有王寵《分得滕王閣送盧駕部師陳》、王寵《雅宜山人集》卷二，頁一六。胡纘宗《分得虎丘贈盧駕部》，胡纘宗《鳥鼠山人小集》卷六，收入《四庫全書存目叢書》集部第六二册，頁二四〇。次年還朝，黄省曾（一四九〇—一五四〇）作《賦得白鹿洞送職方盧師陳江西校文還朝一首》，黄省曾《五岳山人集》卷七，頁五九四。文彭此作當在同時。

《清泉壽倪汝公父》（第九頁）：倪鏡，字汝公，閩縣人，嘉靖丙戌（一五二六）進士，官工部主事。《（乾隆）福州府志》（中國國家圖書館藏清乾隆二十一年刊本）卷三十九選舉四，葉一六B。丙戌一榜還有吴縣袁袠、王守（一四九二—一五五〇），長洲陸粲（一四九四—一五五一），《（乾隆）蘇州府志》（中國國家圖書館藏清乾隆十三年刊本）卷三十七選舉二，葉一七A。皆爲文彭友人，此時文徵明亦在北京翰林院做官，推測倪鏡通過這些關係與文彭有了聯絡。

《挽張參政頤拙》（第一一頁）：頤拙爲張萱，崔桐（一四七九—？）《朝列大夫張君傳》云：『張君諱萱，字德暉，號頤拙，松江上海人也。……竟領弘治戊午（一四九八）鄉薦，登壬戌（一五〇二）進士第，筮授鄱陽知縣。……以疾卒，時嘉靖丁亥（一五二七）三月十有六日也，距其生爲天順己卯（一四五九）六月二十有八日，得年六十有九。』崔桐《崔東洲集》卷十九，收入《四庫全書存目叢書》集部第七三册，頁七一—七三。故文彭此詩作於一五二七年或稍後。

《張延禧五十》（第一一頁）：張延禧其人俟考，其妻王氏墓志爲文徵明所撰，《文徵明集》補輯卷三十《張延禧故妻王令人墓志銘》，頁一四七七—一四七九。王氏弟王曰都（一四九五—一五二二）娶文徵明長女，兩家關係由此可知。王氏年十八歸張延禧，卒於嘉靖戊戌（一五三八）十月十九日，享年五十，則張延禧五十壽辰當在本年以前。

《送楊子任會試》（第一二頁）：子任爲楊伊志，吴縣人，爲王寵門人，嘉靖辛卯（一五三一）領應天鄉薦，北上應試，王寵撰《送楊子任序》，王寵《雅宜山人集》卷九《送楊子任序》，見薛龍春編《王寵年譜》，頁二五九。文彭、袁袠、王守皆有贈詩。袁袠《衡藩重刻胥臺先生集》卷六《送楊子任會試》，收入《四庫全書存目叢書》集部第八六册，頁五〇二；王守《石湖集》（中國國家圖書館藏明抄本）之《送楊子任會試》，無頁碼。文彭詩首句『弘治曾聞給事名，爾今端不隤家聲』，乃指弘治六年（一四九三）進士、給事中楊昇，伊志爲其遺腹子。詩當作於辛卯歲末，末句『曲江三月花如錦，折取高枝慰友生』，則祝願他明年三月高中。次年，楊氏果舉進士。《（崇禎）吴縣志》卷三十四，收入《天一閣藏明代方志選刊續編》（上海：上海書店出版社，一九九〇）第一八册，頁一四。

《奉和大冢宰白岩相公得孫韻》（第一二頁）：喬宇，字希大，號白岩，太原人，卒於嘉靖辛卯（一五三一），享年六十八。焦竑輯《國朝獻徵録》卷二十五陳璘《光禄大夫柱國少保兼太子太保吏部尚書白岩喬公宇行狀》，收入《續修四庫全書》第五二六册，頁二七四—二七七。喬宇在嘉靖辛巳（一五二一）七月官拜吏部尚書，即冢宰，一五二四年致仕。故文彭此詩當作於一五二一—一五三一年之間。

《黄忍齋五十》（第一五頁）：龍美術館藏唐寅《金閶送別圖》後有皇甫沖（一四九〇—一五五八）所書《春日送忍齋母舅先生招游虎丘漫賦》，據其父皇甫録（一四七〇—一五四〇）墓誌銘，妻黄氏，爲刑部郎中黄暐之女。張璧《陽峰家藏集》卷三十四《中憲大夫四川順慶府知府皇甫君墓志銘》，收入《四庫叢書存目叢書》集部第六六册，頁六三二。黄暐吴縣人，進士起家，生子異，異生魯曾、省曾。黄姬水《黄淳父先生全集》卷二十四《伯父中南府君行狀》，收入《四庫叢書存目叢書》集部第一八六册，頁四八八。黄丕烈（一七六三—一八二五）著録《吕衡州文集五卷》有前人題記云：『從友人處借嘉靖壬午（一五二二）清明日吴門忍齋黄冀録本訂一遍。』黄丕烈著、屠友祥校注《蕘圃藏書題識》（上海：上海遠東出版社，一九九九）頁五二七。所稱黄冀可能爲黄異之訛。文彭詩中有『繞壁圖書何爛漫』之句，亦符合黄氏藏書家的特點。汪砢玉《珊瑚網》著録文嘉嘉靖乙酉（一五二五）三月所作《三梓圖》，上款人亦是忍齋。汪砢玉《珊瑚網》名畫題跋卷十八《文休承三梓圖》，收入《中國書畫全書》（上海：上海書畫出版社，一九九二）第五册，頁一一五三—一一五四。就這兩個時間點推測，黄冀乃文氏兄弟早年所交之人。

《華補庵進士歸省》（第一七頁）：華雲（一四八八—一五六〇），字從龍，號補庵居士，出自無錫望族。焦竑輯《國朝獻徵録》卷四十九王慎中《南京刑部郎中補庵華君雲壙志》，收入《續修四庫全書》第五二七册，頁五六八—五六九。其家與文徵明父子爲世交，華雲出遊、考試、做官等人生節點，文氏父子一般都會贈詩、贈畫。嘉靖十年（一五三一）華雲鄉試高中之後，《（萬曆）無錫縣志》（中國國家圖書館藏明萬曆刊本）卷十二選舉志一，葉一三B。文彭曾作《送華從龍會試》，文彭《文博士詩集》卷上，頁四六〇。辛丑（一五四一）中進士，當年冬日奉使南都，便道歸家省親，《文徵明集》補輯卷三十二《有明華都事碑》，頁一五一九。這首《華補庵進士歸省》應作於此際，『題柱壯心時已遂，式閭燕喜思遄飛』，正是華雲高中進士後衣錦還鄉的寫照。

《挽顧海涯》（第二二頁）：顧海涯名磐，初字安國，後字子安，南通人。生於成化己亥（一四七九），卒於嘉靖乙未（一五三五）四月十日。顧磐《海涯文集》附録錢嶫《海涯先生行狀》，收入《四庫全書存目叢書》補編（濟南：齊魯書社，二〇〇一）第七五册，頁四六一—四六五。藏書數萬卷，又精於鑒別古今書畫器物。文彭總角之年即耳顧磐之名，顧氏少時名動公卿，然才人不達，至正德癸酉（一五一三）始中鄉舉，此後屢試不售。嘉靖甲午（一五三五）冬日，顧磐再次北上至京，罹疾，竟於次年四月卒於潞河旅舍，至閏十二月初三日下葬於永興鄉王巷之新阡，故文彭挽詩有『英魂隨潞河，旐魄掩王巷』之句。此際顧璘撰《通州顧子安墓志銘》、倫以訓撰《鄉貢進士海涯顧君墓表》俱由文徵明書丹，陳沂（一四六九—一五三八）篆蓋與額。二文見顧磐《海涯文集》附録，頁四六五—四六七。丁酉（一五三七）冬，文徵明又撰寫了《海涯文集》的序言，顧磐《海涯文集》，頁三七九—三八一。這些應該都是顧磐子顧瑫的請託。

《杜懷親五十》（第二三頁）：杜遵，字守之，號懷親，長洲人。年二十父母相繼下世，葬親時夜歸遇雪，若有神人送之得還。吴人感其孝行，文徵明爲之圖，彭年爲之撰碑，何良俊（一五〇六—一五七三）、王世貞、朱察卿（一五二四—一五七二）等賦詩作跋。這些詩文曾刻爲《雪夜暮歸記》二卷，由杜大中主持，約在萬曆庚寅（一五九〇），書著録於《天一閣書目》卷二之一，並録彭年序，詳載姓名、事跡，未見傳本。《天一閣書目》收入《續修四庫全書》第九二〇册，頁七九；又趙用賢《松石齋集》卷八《雪夜暮歸詩卷叙》，收入《明别集叢刊》第三輯（合肥：黄山書社，二〇一五）第六七册，頁三五六；何良俊《何翰林集》卷二十八《跋杜懷親雪夜墓歸卷》，收入《四庫全書存目叢書》集部第一四二册，頁二二三；王世貞《弇州山人續稿》卷十九《杜翁少時葬親，夜歸大雪幾殆，若有神人送之得免，文太史圖之矣，而又屬蜀人毛太史詩之，久失復得，諸賢異其事，倚韻和贈成卷，余亦嗣焉》，頁一二A；朱察卿《朱邦憲集》卷二《題杜孝子雪夜墓歸》，收入《四庫全書存目叢書》集部第一四五册，頁六一三。這些詩畫今天多已不存，僅見故宫博物院藏吴門黄昌言畫《雪夜暮歸圖》長卷。中國古代書畫鑒定組編《中國古代書畫圖目・二十一》（北京：文物出版社，二〇〇〇）頁三五—三六。杜遵後以紡紗起家，三子皆隸學官。一子名大中，傳世書作不少見，據落款、鈐印可知其字子庸，號踞湖山人。杜大中從文徵明遊，曾參與編纂《（隆慶）長洲縣志》。中貿聖佳二〇〇四年春拍〇一八九號拍品杜大中萬曆乙酉（一五八五）作《楷書卧讀書架賦扇》鈐有『惟庚寅吾以降』朱文印，則知其生於嘉靖庚寅（一五三〇）。《雪夜暮歸記》云杜遵事發生於正德年間，假設正德元年（一五〇六）其二十歲，則生於一四八七年，文彭詩當作於一五三六年。

《壽華海月有壽安堂，種壽安紅牡丹》（第二五頁）：華雲之父華麟祥，字時禎，號海月居士，晚稱海翁，生於天順甲申（一四六四）九月十六日，卒於嘉靖壬寅（一五四二）七月十日。《文徵明集》補輯卷三十二《有明華都事碑》，頁一五一七—一五二〇。詩云『解組已酬初服志』，解組爲辭官，華麟祥考試一再不利，『即罷不復舉，以太學生注選，待次於家』，等到兒子華雲一五三一年領鄉薦，『即投牒吏部，自言願得散銜釋褐，不復就調矣。天官卿嘉其志，奏授淛江布政司都事階從仕郎以歸』。《文徵明集》補輯卷三十二《有明華都事碑》，頁一五一八。因此，華麟祥這個官職有名無實。華雲在辛卯（一五三一）九月十六日置酒會客，爲父親祝壽，文徵明撰有《壽浙省都事海月華君序》（今藏上海博物館），《文徵明集》續輯卷下，頁一六一二—一六一四。文彭詩末句云『惠麓秋佳菊正黄』，當作於同時。

《西山晚霽爲張夏山賦》（第二七頁）：《文徵明集》卷十五有《張夏山挽詞》十首，《文徵明集》卷十五，頁四二六—四二七。作於嘉靖辛亥（一五五一），其二云張夏山『出守毗陵歲再更』。查《（康熙）常州府志》，嘉靖六年（一五二七）有張大輪（誤作『綸』）官常州府知府。《（康熙）常州府志》（中國國家圖書館藏清康熙刻本）卷十三職官，葉三四A。又毗陵惲紹芳《書初年事》載『郡公張夏山名大輪，浙之東陽人，（庚寅，一五三〇）擢四川憲副』，惲紹芳《林居集》不分卷，收入《明别集叢刊》第三輯）第五册，頁二一八。即此人也。挽詞其三云『二十年來誰者在』，其四云『三年常守念孤窮』，可知張氏到任後始與文氏有交往。顧璘亦有《夏山歌贈張常州大輪》，顧璘《顧華玉集·息園存稿詩》卷六，頁三七七。與文彭之詩皆作於張大輪常州任上，即一五二七—一五二九年間。夏山在『東海之畔，金華之間』，乃張大輪家鄉東陽的一座山，張因以爲號。文、顧所賦皆詠張氏未遇時的隱居生活。

《中流砥柱壽毛中丞》（第二九頁）：毛珵，字貞甫，號礪庵，吴縣人。成化丁未（一四八七）試禮部，廷試賜進士出身。生於景泰壬申（一四五二）七月十八日，卒於嘉靖癸巳（一五三三）二月十九日。《文徵明集》卷二十六《明故嘉議大夫都察院右副都御史毛公行狀》，頁六〇五—六一二。毛珵與文徵明爲忘年交，長子毛錫朋則娶了文徵明叔叔文森的女兒，故兩家關係親近。中丞爲御史别稱，據文徵明所撰行狀，毛珵『戊寅（一五一八）進太僕卿。……尋進公南京都察院右副都御史，督視江防。公以年及七十，上疏辭，不允，改撫治鄖陽。公再理前疏，遂得致仕』。故文彭這首祝壽詩的創作時間在一五一八年之後。毛珵爲地方名宦，晚年祝壽活動多有士紳參與，如故宮博物院藏有祝允明癸未（一五二三）孟秋壽毛珵所書七律詩軸，中國古代書畫鑒定組編《中國古代書畫圖目·二十》（北京：文物出版社，一九九九），頁一七七。辛卯（一五三一）八十大壽時又有蔡羽（一四七七/一四七八—一五四一）撰序，蔡羽《林屋集》卷十一《毛中丞八十序》，收入《明別集叢刊》第二輯第一四册，頁五七三—五七四。文彭詩作亦屬此類。

《壽盛中丞值庵》（第二九頁）：盛中丞爲盛應期，字斯徵，號值庵，長洲人。據文徵明所撰墓志銘，盛應期爲弘治癸丑（一四九三）進士，正德己卯（一五一九）用爲都察院右副都御史，巡撫四川，嘉靖壬午（一五二二）被命撫江西，尋升兵部侍郎，兼都察院右僉都御史，總督兩廣軍務，丁亥（一五二七）拜都察院右都御史，提督河道，後以此致仕。其生於成化甲午（一四七四）八月廿一日，卒於嘉靖乙未（一五三五），享年六十二。《文徵明集》卷三十一《明故資善大夫都察院右副都御史致仕盛公墓志銘》，頁六九一—七〇〇。中丞即御史，此詩作於盛氏爲官期間，可能是一五二三年，其時年五十。

《六十》（第二九頁）：詩云『六十今初度，照然兩鬢蒼』，乃自况之作。文彭生於弘治丁巳（一四九七）四月十三日，許穀《明兩京國子博士致仕贈文林郎文公墓志銘》，頁八六七。故此詩作於嘉靖丙辰（一五五六）生日，是詩稿中所知最晚的作品。

綜上所考，《文三橋詩稿》不少都是文彭早年的詩作，多爲祝壽、送別之類的應酬內容，其中只有十四首見於刻本《文博士詩集》，而且詩集中一半是文彭晚年進京考試、外出做官以來的詩作，詩稿無疑是有價值的補充。這本詩稿的書寫時間應在文彭六十歲之後，爲其晚年整理詩文創作留下的殘稿，但未必是定稿，所以没有一定的次序。

二

文彭精於各體書法，友人陸師道題其所藏趙孟堅《墨蘭圖卷》（故宮博物院藏）云：『先生父子書各冠一代。』可見時人對其評價之高。諸體中文彭最擅行草與隸書，前者受祝允明影響爲多，後者則來自家學熏染。父親文徵明在書法上造詣頗高，三十出頭時小楷已顯露自己的特色，蔡春旭《文徵明的小楷書風及其書寫情境研究》，《中國書法》二〇一八年第一期B版。行草書則在五十歲以後基本成形。蔡春旭《讀文徵明〈雲山圖〉及詩作》，《中國書畫》二〇二一年第六期，頁五九。換句話説，在十六世紀的頭二十年里，文徵明尚處於個人書風的探索階段，而同鄉年長其十歲的祝允明已經是面目清晰、風格成熟、技法卓越的書家，後者在小楷、行草和大草上都取得了令人矚目的成績。當時對祝允明的評價相當一致，即吴門第一。王世貞的説法具有代表性：『天下法書歸吾吴，而祝京兆允明爲最，文待詔徵明、王貢士寵次之。……三君子下有陳淳道復……』王世貞《弇州山人四部稿》卷一百五十四《藝苑卮言》附録二，葉一九B—二〇B。實際上，王寵和陳淳（一四八三—一五四四）在書法上都是祝氏門人。祝允明的書法功力深湛，擁有過人的技巧和全面的書學修養，王寵所撰行狀評價云：『書法上軌鍾王，下視近代。晚歲益出入變化，莫可端倪。』王寵《雅宜山人集》卷十《明故承直郎應天府通判祝公行狀》，頁一〇五。因此，祝氏書法藝術的豐富性和啓發性對吴門後輩頗有吸引力，文彭、文嘉也不例外。

文氏兄弟少時由祝允明親自教導，曾坦白自己酷愛老師的書法，但是臨摹不似，學有未逮。據文彭、文嘉跋祝允明《行草書詩詞》，湖南省圖書館藏，見中國古代書畫鑒定組編《中國古代書畫圖目·十八》（北京：文物出版社，一九九八）頁一九八—一九九。老師的片紙隻字，文彭都重價購藏，據文彭跋祝允明《草書秋水篇卷》，見陸時化《吴越所見書畫録》卷二，收入《中國書畫全書》第八册，頁一〇一六。大抵也是爲了揣摩、臨仿。祝允明爲文嘉所書《行草書古詩十九首》是一次重要的示範，顧璘在題跋中説：『今觀休承所請枝山書《古詩十九首》，爲之憮然，自恨骨格已定，愛之而不能學，在休承諸君勉之耳。』文徵明撰集《影印明拓停雲館法帖》（北京：北京出版社，一九九六）下册，頁六五四。文彭、文嘉確實曾用心學習祝書，今天我們在其早年書作中能够看到祝允明的影子，如文彭題仇英《烹茶圖》（圖二）、Frank Dunand edited, *The pavilion of marital harmony: Chinese painting and calligraphy between tradition and modernity* (Genève: Collections Baur, 2002), p.91. 文嘉《致王穀祥函》（圖三），《錢鏡塘藏明代名人尺牘》（上海：上海古籍出版社，二〇〇二）第三册，頁三二—三三。用筆和結字都類似祝氏（圖四）。

祝允明的啓發之一在於突破既有的軌範。我們可以注意到，他和門人往往以前人鮮有取法的書家、書跡爲範本，如

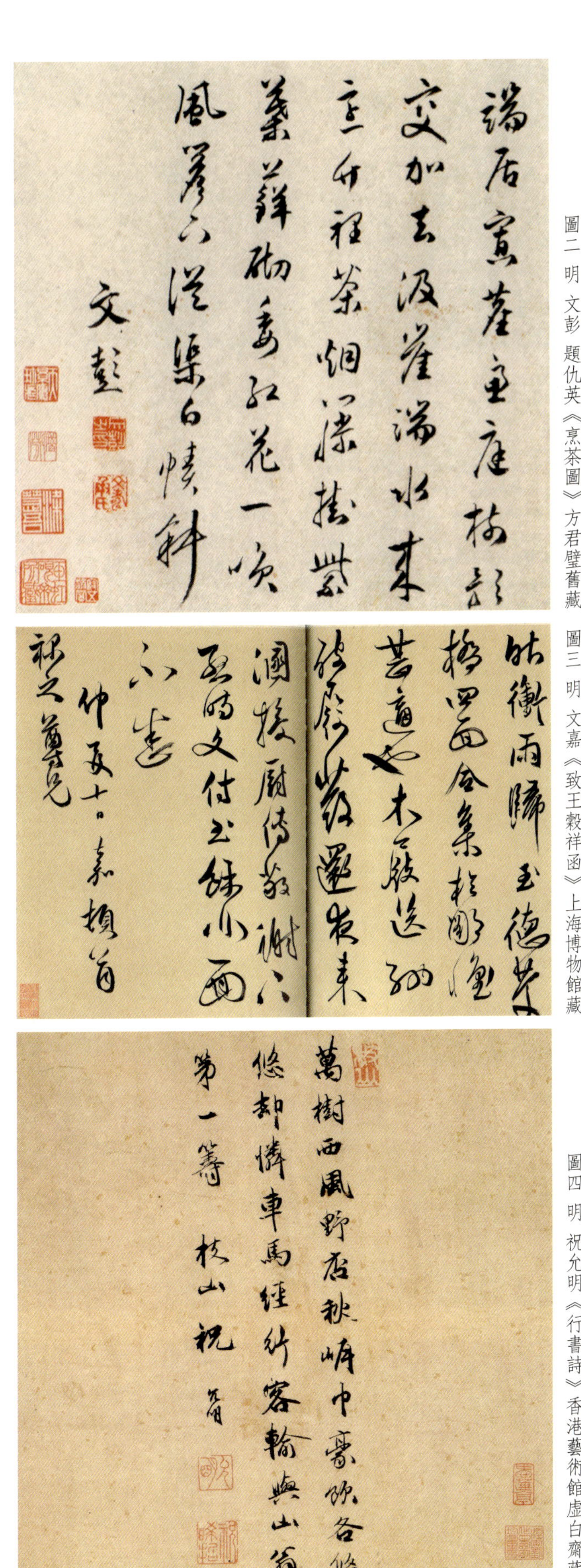

圖二　明　文彭　題仇英《烹茶圖》方君璧舊藏

圖三　明　文嘉《致王穀祥函》上海博物館藏

圖四　明　祝允明《行書詩》香港藝術館虛白齋藏

祝氏推崇鍾繇《薦季直表》、李懷琳《嵇康與山巨源絶交書》，王寵學虞世南小楷，陳淳法楊凝式《神仙起居法帖》，文嘉從家藏傳懷素《小草千字文》中獲得啓發，文彭則鍾情於孫過庭《書譜》。相比於其他吴門書家如沈周（一四二七—一五〇九）學黄庭堅、吴寬（一四三五—一五〇四）擬蘇軾、唐寅（一四七〇—一五二四）規模趙孟頫、文徵明取法王羲之和趙孟頫，祝氏一派有些獨闢蹊徑，也易於形成個人面目。

當然，文彭的書法取法相當寬泛，從秦篆漢隸到宋元大家都有涉獵，範圍之廣博超過了祝允明，然其鑽研最深的是唐人孫過庭和懷素的書法，對應著行草書的兩種面貌：小行草和大草。他顯然没有忘記老師的教誨：『沿晋逰唐，守而勿失。』祝允明《祝氏集略》卷十一《奴書訂》，頁二一一。孫過庭《書譜》在流傳過程中曾被分爲上下兩卷，下卷爲文家所藏，文嘉《鈐山堂書畫記》，收入《中國書畫全書》第三册，頁八二九。文彭具備學習的優勢。孫過庭得二王書法的真傳，且《書譜》是墨跡，自宋代以來就被認爲是學書的重要範本，南宋吴説跋《書譜》云：『自晋迄唐，至於今日，右軍行草闕然不嗣，規模祖述，賴有過庭。若評法書，當以鍾王爲初祖；欲學王法，當以過庭爲指南。』文彭對此深表認同，抄録後送給喜好學書的秦柱（一五三六—一五八五）。文彭此作附於中國國家博物館藏《書譜》舊臨本之後。

文彭青年時的書跡中已顯露出來自《書譜》的影響，如上海博物館藏王寵《行書詩卷》後一五二六年的題跋，見中國古代書畫鑒定組編《中國古代書畫圖目·三》（北京：文物出版社，一九九〇）頁七六。此後其中等大小的行草一直延續這條路子，乃其本色面目。他四十歲時的行草書已顯露個人氣質，一五三六年仲夏爲陳淳《仿米芾山水卷》見香港藝術館編《虚白齋藏中國書畫：手卷》（香港：香港臨時市政局，一九九九）頁四七。作跋用筆輕快，字形飽滿，氣質温潤，部分字形可以在《書譜》中找到出處。而且，流美的點畫和偏拙的字形也有近似趙孟頫之處，祝允明和文徵明皆研習趙字，文彭有這樣的底子不足爲奇。一五四八年所書《草書七古詩軸》（圖五）見中國古代書畫鑒定組編《中國法書全書·十三》（北京：文物出版社，二〇〇九）頁五〇七。則是相當成熟的作品，技巧精湛，格調雅正。其晚年書法技法愈加精熟，風格没有太大的變化，並且保持著良好的書寫狀態。隆慶辛未（一五七一）春日，文

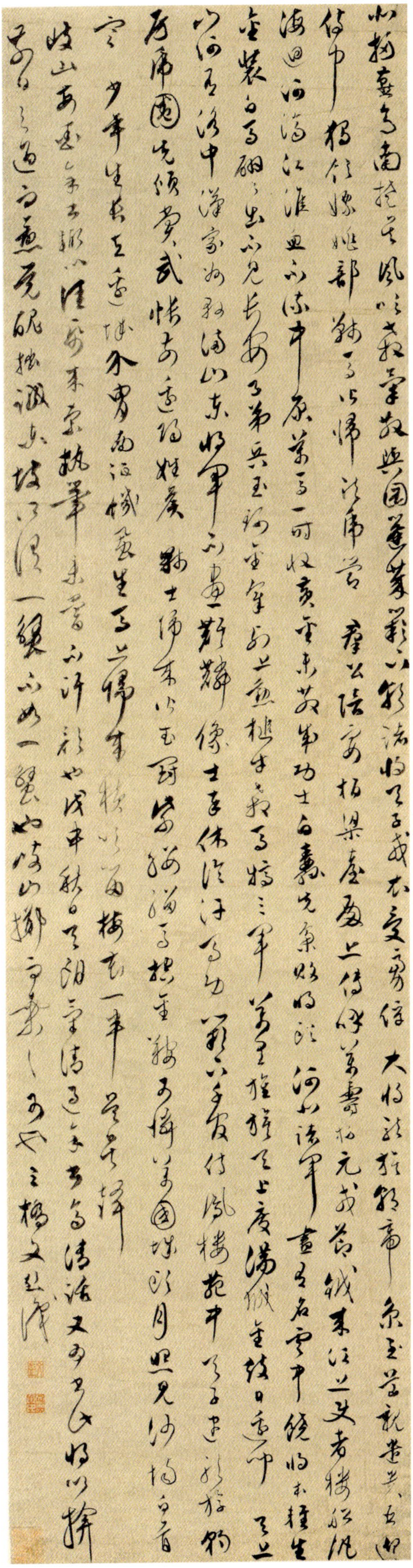

圖五 明 文彭《草書七古詩軸》上海博物館藏

彭完成了一件雜書册（圖六），見《榮寶齋珍藏·十·書法卷一》（北京：榮寶齋出版社，二〇一二）頁六六—六七。內容是抄寫晉人蘭亭詩，裏面有多段行草書，演繹了前人的多種風格，顯露出書法創作上的雄心。所録王徽之、桓偉、謝安詩作皆有孫過庭的影子，但文彭個人的節奏與特點亦相當顯著，强調點畫輕重的對比和字與字之間的連帶關係，而孫過庭的草書點畫粗細對比沒有這般强烈，並且多爲字字獨立。至於文彭在大草上的探索，因與詩稿無涉，本文擱置不論。

如前文考證，《文三橋詩稿》爲文彭晚年所書，包含了兩份不同性質的稿本。前面的謄清稿寫得相對工穩，由於字

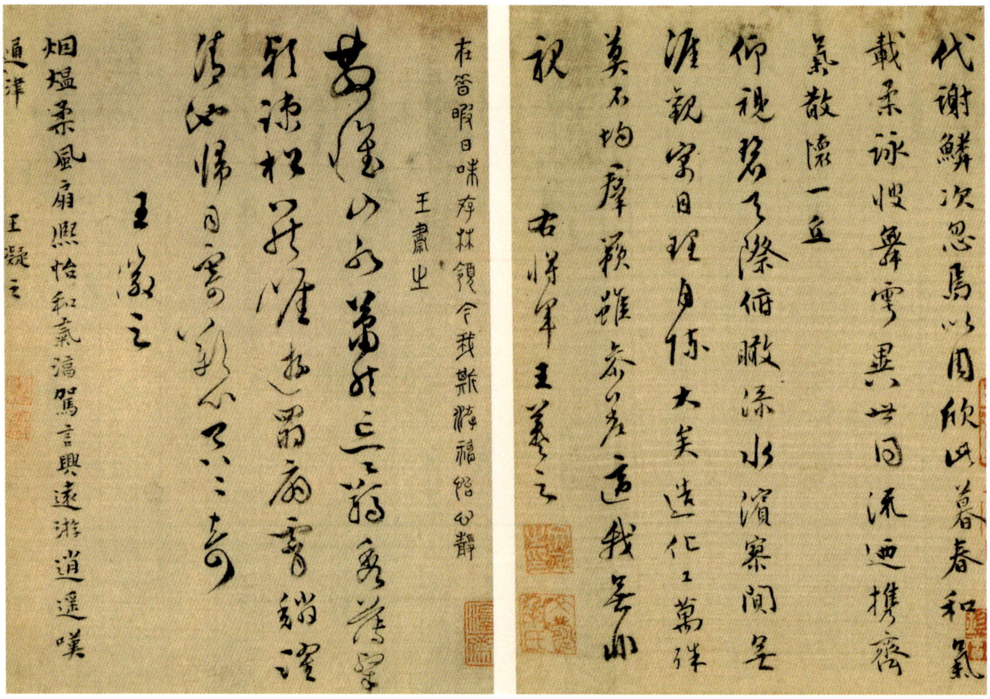

圖六 明 文彭《書晉人詩冊》（局部）
北京榮寶齋藏

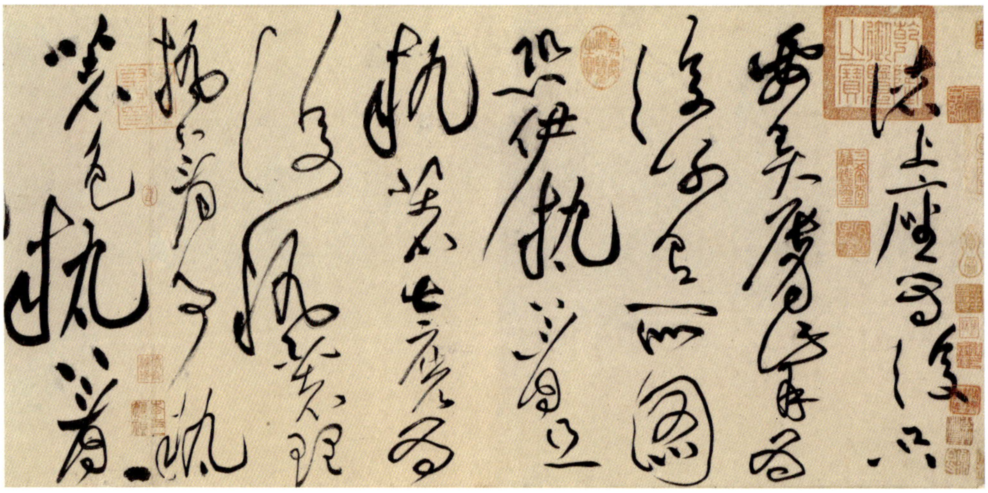

圖七 北宋 黃庭堅《草書諸上座卷》（局部）
故宮博物院藏

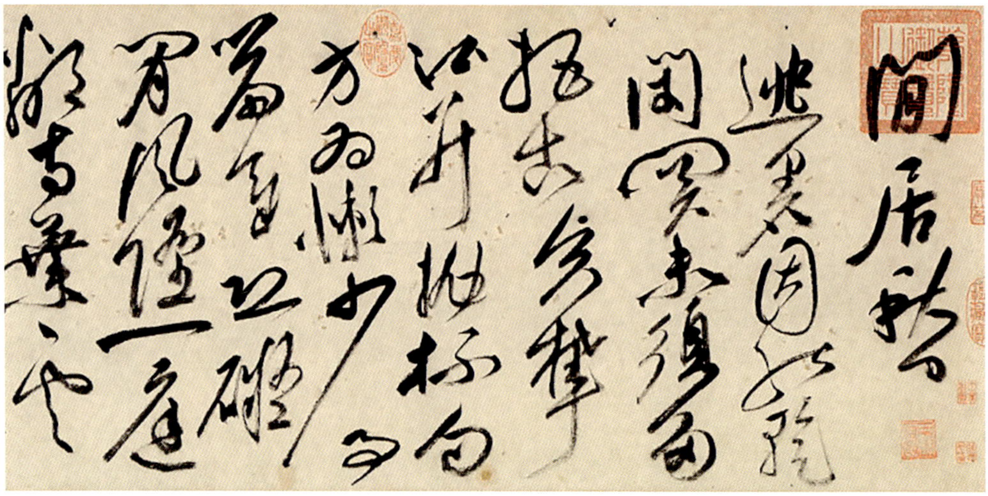

圖八 明 祝允明《閑居秋日詩卷》（局部）
台北故宮博物院藏

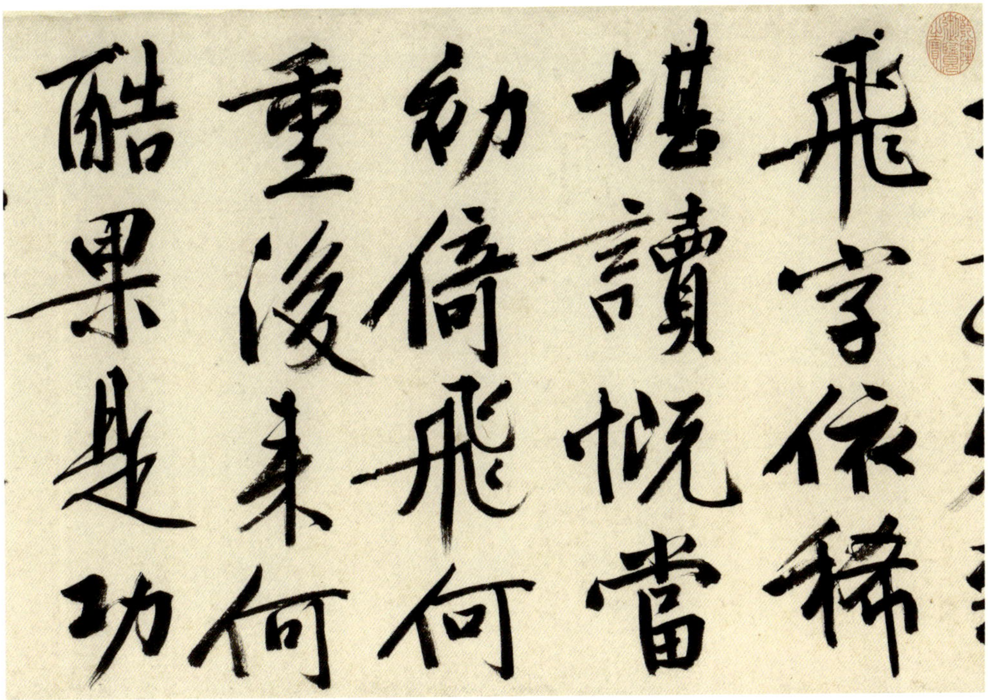

圖九 明 文徵明《題宋高宗賜岳飛手敕卷》（局部） 台北故宫博物院藏

形小，下筆從容，點畫的起落、使轉都相當精到，無有懈怠之處。後面的草稿部分和前面書寫方式一致，有些地方因爲有塗乙、添改，字跡大小相雜，間有用剩墨所書者，墨跡偏淡，因而顯得荒率。比較特殊的是，《挽顧海涯》一首以仿黄庭堅的行書寫就，估計是一時興起而爲之。吴門書家中有不少人學習黄庭堅書法（圖七），祝允明學其大草（圖八）、行書，文徵明則專攻黄體行書（圖九），均有突出的成就和顯著面貌。文彭受老師、父親影響，在黄體行書上下了功夫。目前能見到其本款和爲文徵明代筆的書作多件，筆性接近父親，而用筆程式化，通過修長、顫抖的點畫和右聳的體勢來凸顯黄庭堅的書法特徵，惟其點畫單薄，没有父親下筆厚重、沉穩（圖十）。由於詩稿字體小，這首《挽顧海涯》在風貌上顯得秀氣、活潑，别具特色。

總之，《文三橋詩稿》乃文彭六十以後所書手稿，從中可以看到古人撰寫、整理詩文的過程，尤其是那些篇名未定、内容未盡的詩作，值得研究者予以注意。張鳳翼序《文博士詩集》云：『（文彭）顧不習爲苦吟，不多易稿，或對客立就，或散步率成，任興揮灑，好事者珍其片隻，争相持去，存者僅僅十之二三耳。』張鳳翼《文博士先生詩集序》，文彭《文博士詩集》附録，頁四五七。文肇祉、文從龍父子窮搜遍録才刻成文彭詩集兩卷，他的詩稿或許早就從文家流出，故刻集時

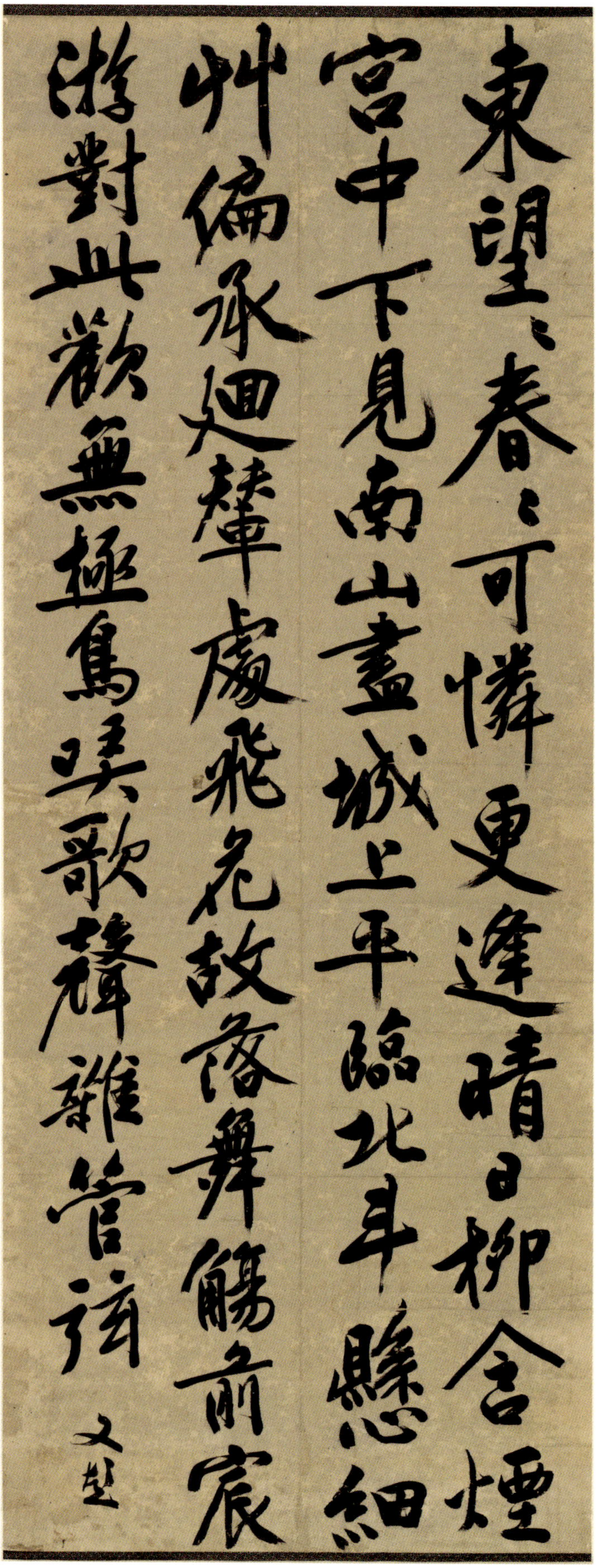

圖十　明　文彭《行書七律詩軸》故宮博物院藏

未得參考，文獻價值不言而喻。儘管這並非文彭正式的書法創作，但其流露出的自然特質彌加可貴，相比於其作品落墨往往有刻意之處，而部分信札又寫得過於隨意，稿本中的謄清稿部分書寫工穩而輕鬆，遊刃有餘，書法可堪玩賞，草稿部分則展現了一個書家最真實的面目和功底。毫無疑問，這是一份研究明代吳門文人詩文創作和書法藝術的重要文獻。

局部賞析

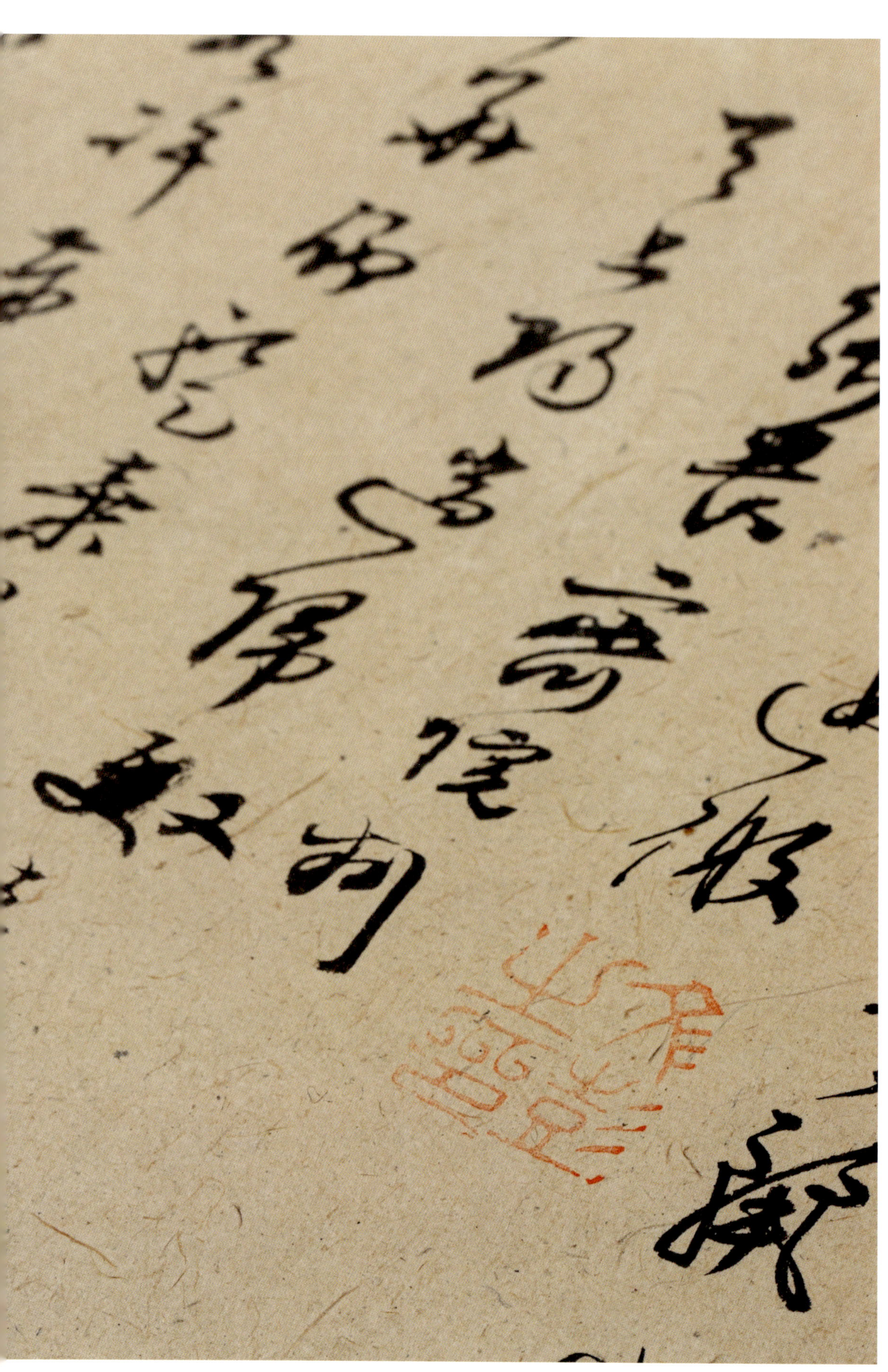

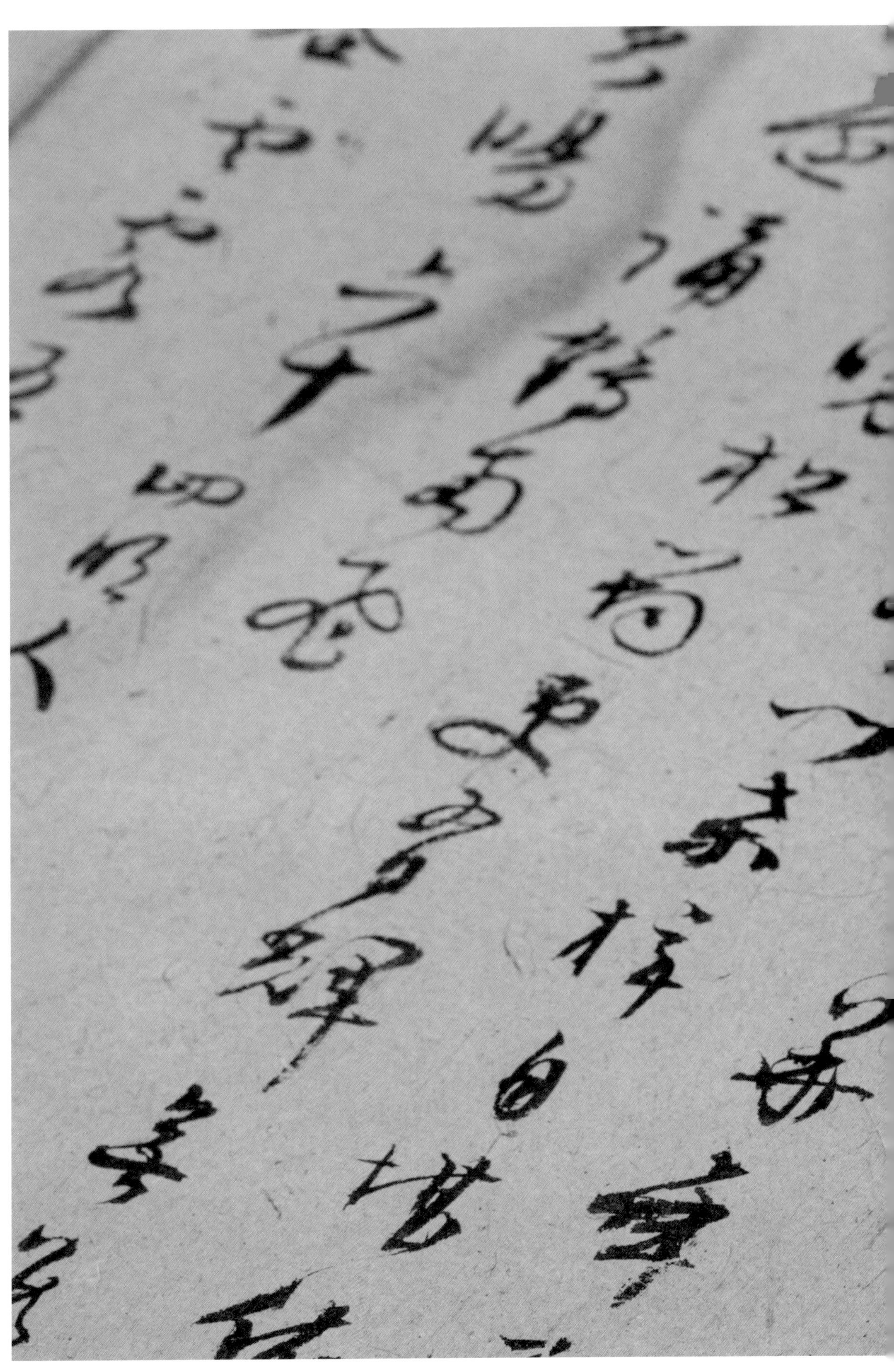

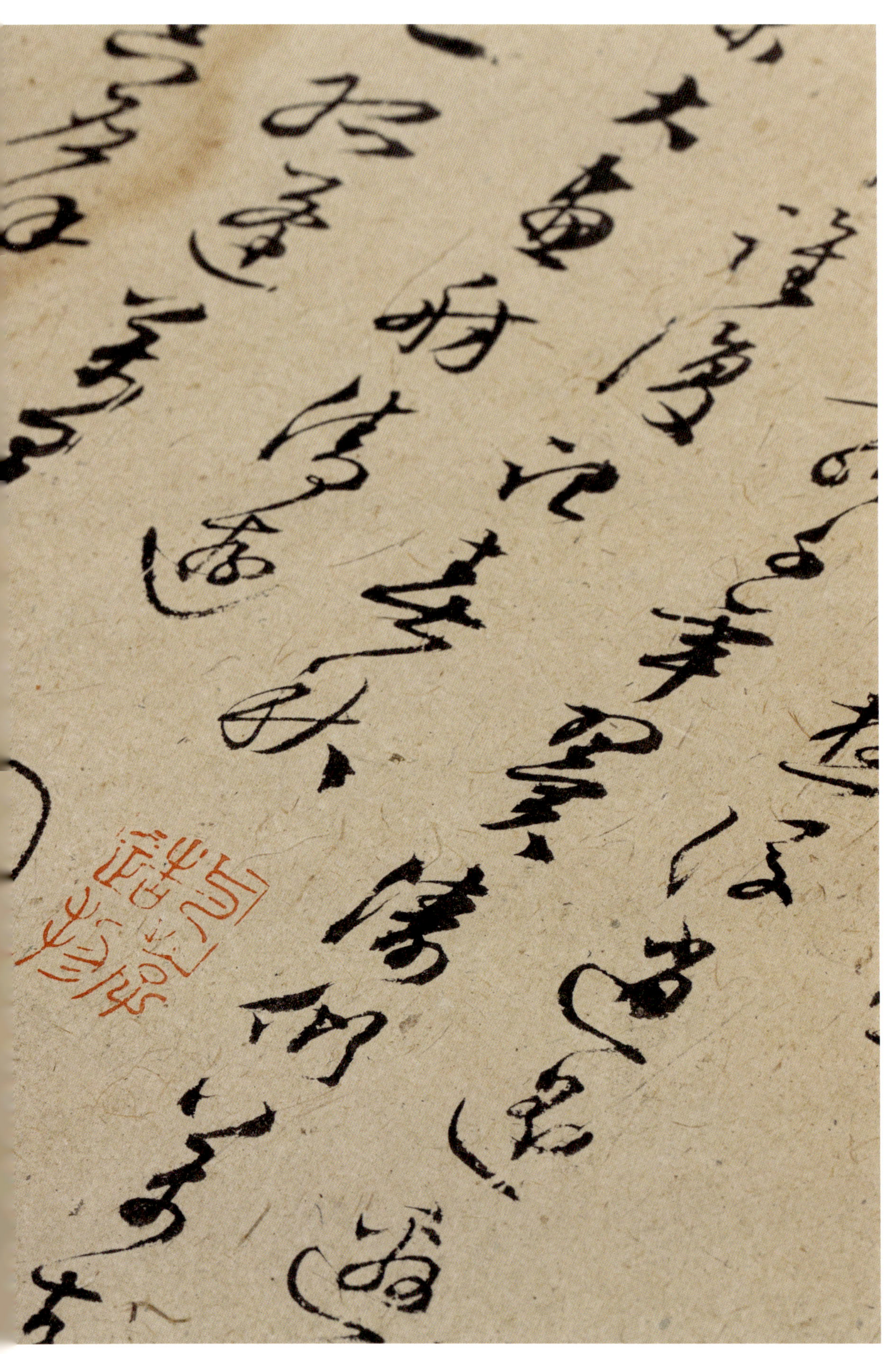

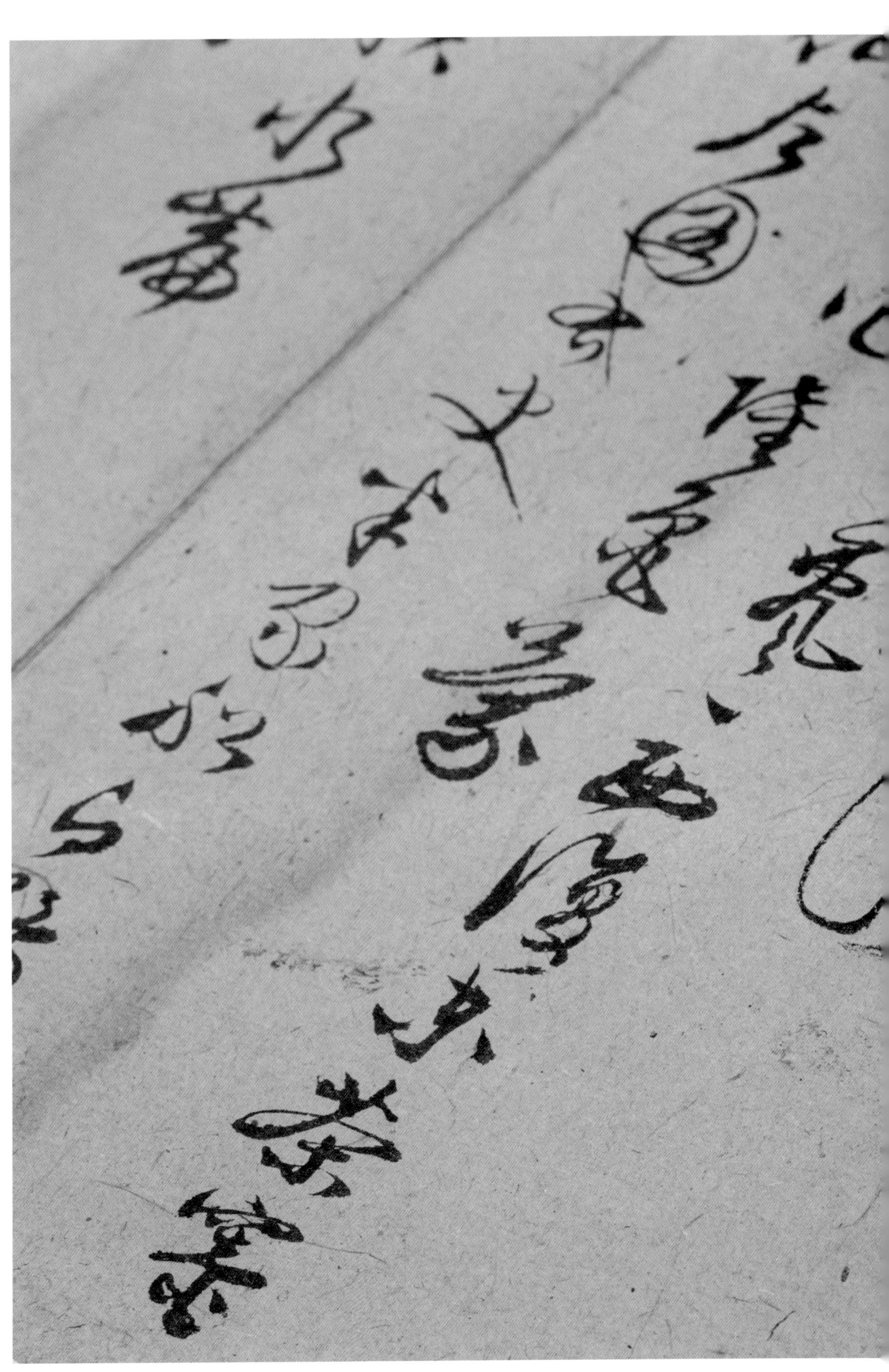

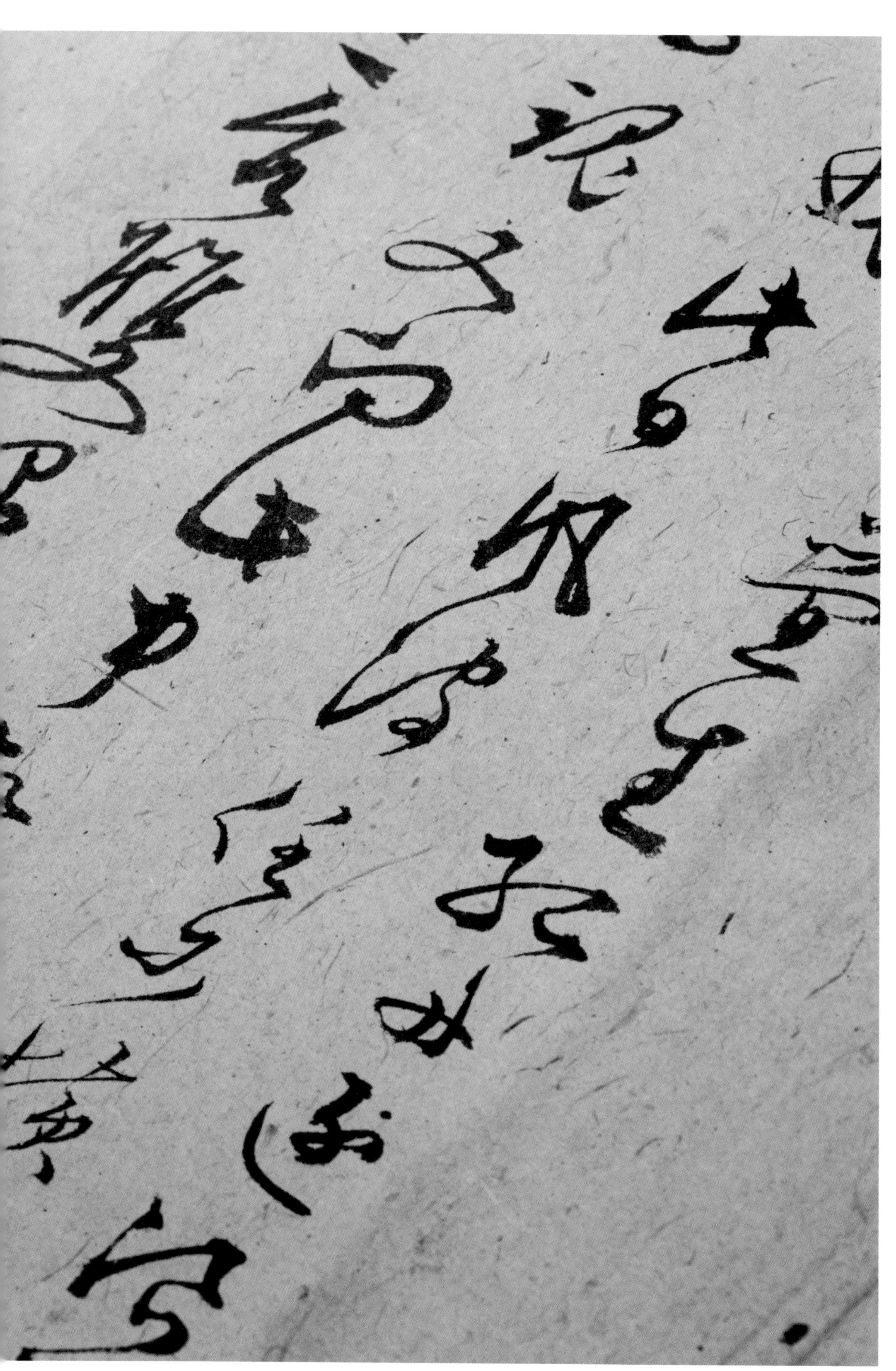

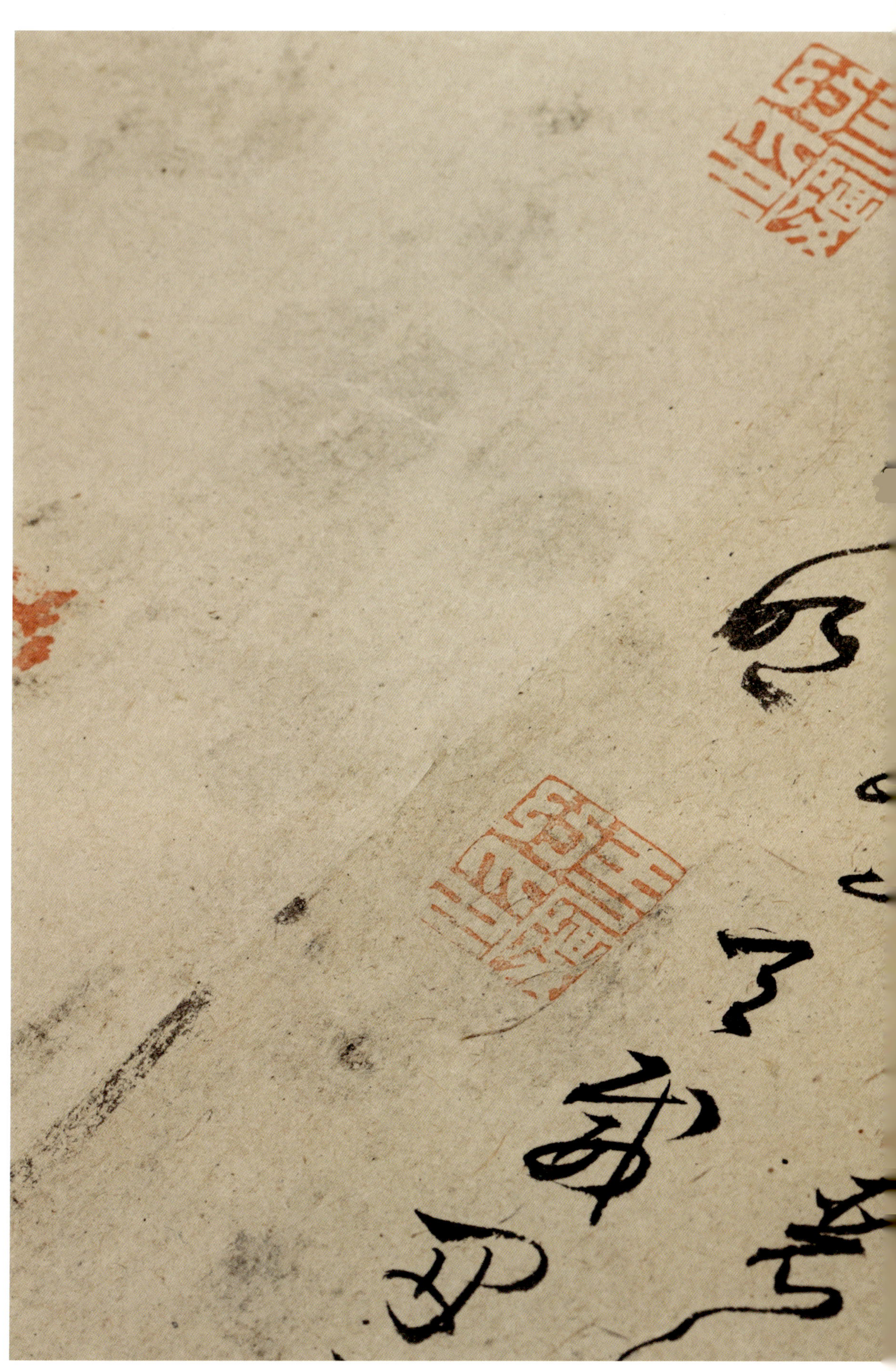

圖書在版編目（CIP）數據

文三桥詩稿 /（明）文彭著 ； 黄惇，薛龍春，蔡春旭整理．-- 杭州 ： 浙江大学出版社，2023.8
（上海圖書馆藏名家墨迹）
ISBN 978-7-308-24007-9

Ⅰ．①文… Ⅱ．①文… ②黄… ③薛… ④蔡… Ⅲ．①古典诗歌—诗集—中国—明代 Ⅳ．①I222.748

中國國家版本館 CIP 數據核字（2023）第 128889 號

中國書房人文藝術叢刊之六

上海圖書館藏名家墨迹

文三橋詩稿

【明】文彭 著

黄惇 薛龍春 蔡春旭 整理

策　　劃　許石如　陸　張
責任編輯　徐凱凱
責任校對　蔡　帆
裝幀設計　于　晶　李　珊
出版發行　浙江大學出版社
（杭州市天目山路一四八號 郵遞編碼 三一〇〇〇七）
製版印刷　浙江海虹彩色印務有限公司
開　　本　八八九毫米×一一九四毫米　十二开
字　　數　一五〇千
印　　張　十一點五
印　　數　〇〇一—八〇〇
書　　号　ISBN 978-7-308-24007-9
版　　次　二〇二三年八月第一版　第一次印刷
定　　價　壹仟貳佰圓

北京止觀書局
公司地址　北京市朝陽區智安門牡丹巷二六—一〇一
客服電話　13121836649